세마리 토끼 잡는 독서논술

P2
유아~초1

저자: 지에밥 창작연구소_

'지에밥'은 '찐 밥'이라는 뜻을 가진 순우리말로, 감주·막걸리·인절미 등 각종 음식의 재료를 뜻합니다.
'지에밥 창작연구소'는 차지고 윤기 나는 밥을 짓는 어머니의 정성처럼 좋은 내용으로 세상 모든 사람들에게
넉넉하게 쓰일 수 있는 지혜를 선물하고 싶습니다.

이 책을 쓴 지에밥 연구원들_

강영주(지에밥 창작연구소 소장, 빨간펜 논술, 기탄 국어 등 기획 개발), 김경선(동화작가 및 기획 편집자),
김혜란(동화작가, 아동문학가협회 회원), 왕입분(동화작가 및 기획 편집자), 우현옥(동화작가), 이현정(동화작가),
이혜수(기획 편집자), 이현정(동화작가 및 기획 편집자), 정성란(동화작가), 조은정(동화작가 및 기획 편집자),
최성옥(기획 편집자), 한현주(동화작가), 한화주(동화작가), 홍기운(동화작가 및 기획 편집자)

이 책을 감수한 선생님들_

권영민(서울대학교 국어국문학과 교수), 홍준의(서원대학교 과학교육과 교수),
김병구(숙명여자대학교 의사소통센터 교수), 문영진(전북대학교 국어교육과 교수), 조현일(원광대학교 국어교육과 교수),
김건우(대전대학교 국어국문학과 교수), 유호종(서울대학교 철학박사), 구자송(상암고등학교 국어 교사),
김영근(서울과학고등학교 국어 교사), 최영환(여의도고등학교 국어 교사), 구자관(한성과학고등학교 국어 교사),
윤성원(한성과학고등학교 국어 교사), 장원영(세화고등학교 역사 교사), 박영희(대왕중학교 과학 교사),
심선희(서울고등학교 과학 교사), 한문정(숙명여자고등학교 과학 교사)

세 마리 토끼 잡는 독서 논술 P2권

펴낸날 2023년 3월 15일 개정판 제14쇄
지은이 지에밥 창작연구소 | **연구원** 김지연, 조은정, 이자원, 차혜원, 박수희 | **펴낸이** 주민홍 | **펴낸곳** ㈜NE능률 | **디자인** framewalk | **삽화** 김석류(표지, 캐릭터) | **영업** 한기영, 이경구, 박인규, 정철교, 하진수, 김남준, 이우현 | **마케팅** 박혜선, 남경진, 이지원, 김여진 | **주소** 서울특별시 마포구 월드컵북로 396(상암동) 누리꿈스퀘어 비즈니스타워 10층(우편번호 03925) | **전화** (02)2014-7114 | **팩스** (02)3142-0356 | **홈페이지** www.nebooks.co.kr | **출판등록** 제1-68호
ISBN 979-11-253-3073-8 | 979-11-253-3110-0 (set)

- - -

펴낸날 2012년 3월 1일 1판 1쇄
기획 개발 지에밥 창작연구소 | **디자인 기획 진행** 고정선 | **디자인** 유정아, 박지인, 이가영, 김지희 | **삽화** 오유선, 안준석, 정현정, 윤은하, 김민석, 윤찬진, 정효빈, 김승민

제조년월 2023년 3월 **제조사명** ㈜NE능률 **제조국** 대한민국 **사용 연령** 유아~8세

하루하루 성장하는
내 아이의 모습을 확인하길 바라며

프랑스의 유명한 정신 분석학자이자 철학자인 라캉은 인간이 성장한다는 것은 '상징계'에 편입되는 것이라고 말했습니다. 그가 말한 상징계란 '언어를 매개로 소통하는 체계'를 의미하는데, 우리가 살아가는 세상 혹은 사회가 바로 그것입니다. 결국 한 아이가 태어나서 정신적으로 성장하는 아동기에서 가장 중요한 것은 언어로 소통하는 능력을 키우는 일입니다. 〈세 마리 토끼 잡는 독서 논술〉은 이와 같은 점에 주목하여 기획하고 구성하였습니다.

첫째, 문자 언어를 비롯하여 그림, 도표 등 다양한 상징체계를 이해하는 과정을 통해 통합적인 언어 이해력을 키울 수 있도록 하였습니다.

둘째, 텍스트 이해력뿐만 아니라 추론 능력, 구성(표현) 능력, 비판적 사고 능력 등을 통합적으로 길러서 여러 가지 문제를 해결하는 데 실질적으로 도움이 될 수 있도록 하였습니다.

셋째, 초등 교육과정의 핵심 내용과 밀접하게 연계되도록 설계하였습니다.

부모님보다 더 훌륭한 스승은 없습니다. 〈세 마리 토끼 잡는 독서 논술〉은 부모님 이외의 다른 어떤 선생님도 필요 없습니다. 이 학습 프로그램을 통해서 하루하루 성장하는 내 아이의 모습을 확인하는 기쁨을 누리시길 바랍니다.

세 마리 토끼 잡는 독서 논술 이란?

어떤 책인가요?

하나의 주제와 관련된 다양한 글(동화, 시, 수필, 만화, 논설문, 설명문, 전기문 등)을 읽고 통합 교과적인 문제를 풀면서 감각적 언어 능력(작품의 이해와 감상)과 논리적 이해 능력(비문학의 구조, 추론, 적용 등), 국어 지식(어휘, 문법 등), 사회와 과학 내용 등을 통합적으로 익히는 독서 논술 프로그램 학습지입니다.

몇 단계, 몇 권인가요?

〈세 마리 토끼 잡는 독서 논술〉은 다음과 같이 총 5단계, 25권입니다.

단계	P단계	A단계	B단계	C단계	D단계
대상 학년	유아~초등 1년	초등 1년~2년	초등 2년~3년	초등 3년~4년	초등 5년~6년
권 수	5권	5권	5권	5권	5권

세 마리 토끼란?

'독서', '사고', '통합 교과'의 세 가지 영역을 말합니다. 즉, 한 권의 독서 논술 책으로 다양한 장르의 글을 읽을 수 있고, 논술 문제를 풀면서 사고력을 기를 수 있으며, 초등학교 주요 교과 내용과 연계된 문제를 풀면서 통합 교과 학습을 할 수 있습니다.

독서
* 각 단계에 맞게 초등학교의 주요 교과 내용을 주제로 정함.
* 각 권의 주제와 관련된 글을 언어, 사회, 과학 등으로 나누어 읽을 수 있음.

사고
* 언어, 사회, 과학 등과 관련된 다양한 장르의 글을 읽고 논술 문제를 풀면서 생각하는 능력과 생각하는 폭을 확장할 수 있음.

통합 교과
* 다양한 장르의 글을 읽고 초등학교 국어, 사회, 과학 등의 학습 내용과 관련된 문제를 풀면서 통합 교과 학습을 할 수 있음.

하루에 세 장씩 꾸준히 학습하면 세 마리 토끼를 잡을 수 있어요.

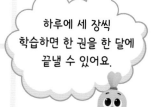
하루에 세 장씩 학습하면 한 권을 한 달에 끝낼 수 있어요.

세마리 토끼잡는 독서논술 이런 점이 다릅니다

초등학교 교과 내용과 긴밀하게 연결되어 있습니다.

각 단계의 권별 내용과 문제는 그 단계에 맞는 학년의 주요 교과 내용과 긴밀하게 연결되어 교과 학습에 도움을 줍니다.

하나의 주제를 통합 교과적으로 접근합니다.

각 권마다 하나의 주제가 있고, 그 주제를 언어, 사회, 과학과 연결시켜서 사고를 확장할 수 있게 하였습니다. 그리고 여러 교과와 연계된 문제를 풀면서 통합 교과적인 사고를 할 수 있습니다.

다양한 서술·논술형 문제를 풀 수 있습니다.

매 페이지마다 통합 교과 논술 문제를 제시하여 생각하는 힘과 표현력을 키울 수 있는 것은 물론 학교 시험에서 강화되고 있는 서술·논술형 문제에 대비할 수 있습니다.

다양한 장르의 글을 접할 수 있습니다.

각 주제와 관련된 명작 동화, 창작 동화, 전래 동화, 설화, 설명문, 논설문, 수필, 시, 만화, 전기문 등 다양한 장르의 글을 읽으면서 각 장르의 특성을 체험하며 독서하는 습관을 기를 수 있습니다. 특히 현재 왕성하게 활동하고 있는 여러 동화 작가의 뛰어난 창작 동화가 20여 편 수록되어 있습니다.

수준 높은 그림을 많이 제시하여 흥미롭게 학습할 수 있습니다.

어린이들은 글과 그림이 조화를 이룬 책으로 공부할 때 학습 효과를 높일 수 있습니다. 또한 좋은 그림은 어린이들의 정서 발달에 도움을 줍니다. 이런 점을 생각하여 한 페이지를 넘길 때마다 수준 높은 그림을 제시하여 어린이들이 흥미롭게 학습할 수 있도록 하였습니다.

세마리 토끼잡는 독서논술은 이렇게 구성되었습니다

독서 전 활동　생각 열기

★ 한 주의 학습을 시작하기 전에 주제와 관련된 사진이나 그림을 보고, 앞으로 학습할 내용에 대해 흥미를 가질 수 있도록 하였습니다.

★ '생각 톡톡'의 문제를 풀면서 주제에 대한 자신의 경험이나 평소 생각을 돌이켜 보며 앞으로 학습할 내용을 짐작할 수 있도록 하였습니다.

★ 통합 교과 활동과 이어질 교과서의 연계 교과를 보며 교과 내용을 참고할 수 있도록 하였습니다.

독서 중 활동　깊고 넓게 생각하기

★ 한 권에 하나의 주제가 있고, 그 주제를 언어, 사회, 과학으로 나누어서 다양한 장르의 글을 읽으며 통합 교과 문제와 논술 문제를 풀 수 있도록 구성하였습니다.

★ 1주는 언어, 2주는 사회, 3주는 과학과 관련된 제재로 구성하였고, 4주는 초등 교과에서 다루고 있는 여러 가지 장르별 글쓰기(일기, 동시, 관찰 기록문, 기행문, 독서 감상문, 기사문, 논설문, 설명문, 희곡 등)와 명화 감상, 체험 학습 등의 통합 교과 활동으로 구성하였습니다.

독서 후 활동 ⎯ 생각 정리하기

되돌아봐요

★ 앞에서 읽은 글을 돌이켜 보면서 이야기의 흐름과 중심 생각을 파악하고, 더 나아가 자신의 생각을 발전시키는 문제를 풀 수 있도록 하였습니다. 이를 통해 한 주 동안 읽고 생각한 내용을 머릿속에서 차근차근 정리할 수 있습니다.

내가 할래요

★ 주제와 관련된 여러 가지 활동을 하며 한 주의 학습을 마무리할 수 있도록 하였습니다. 종이접기, 편지 쓰기, 그림 그리기 등 재미있는 활동을 하며 창의력과 상상력을 키울 수 있습니다.

★ 한 주의 학습이 끝난 다음 체크 리스트를 통해 학습한 주요 내용을 잘 이해하고 적용할 수 있는지 평가할 수 있습니다.

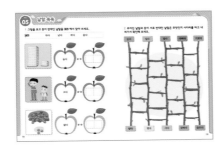

낱말 쏙쏙 (유아 P단계)

★ 한 주 동안 글을 읽으며 새로이 배운 낱말들을 그림과 더불어 살펴보고 익힐 수 있습니다.

궁금해요 (초등 A~D단계)

★ 한 주 동안 읽은 글이나 주제와 관련된 배경지식을 제공하여 앞에서 학습한 내용을 좀 더 깊이 이해할 수 있습니다.

세마리 토끼잡는 독서논술의 커리큘럼

단계	권	주제	제재			
			언어(1주)	사회(2주)	과학(3주)	통합 활동 장르별 글쓰기(4주)
P (유아 ~초1)	1	나의 몸 살피기	뾰족성의 거울 왕비	주먹이	구슬아, 어디로 가니?	몸 튼튼, 마음 튼튼
	2	예절 지키기	여우와 두루미	고양이가 달라졌어요	비비네 집으로 놀러 와!	안녕하세요?
	3	친구와 사귀기	하얀 토끼, 까만 토끼	오성과 한음	내 친구를 자랑합니다!	거꾸로 도깨비 나라
	4	상상의 즐거움	헤라클레스의 모험	용용 죽겠지?	나는야 좋은 바이러스	상상이 날개를 달았어요
	5	정리와 준비의 필요성	지우개야, 고마워!	소가 된 게으름뱅이	개미 때문에, 안 돼~!	색깔아, 모양아! 여기 모여라!
A (초1 ~초2)	1	스스로 하기	내가 해 볼래요!	탈무드로 알아보는 스스로 하는 힘	우리도 스스로 잘 살아요	일기를 써 봐요
	2	가족의 소중함	파랑새	곰이 된 아빠	동물들의 특별한 아기 기르기	편지를 써 봐요
	3	놀이의 즐거움	꼬부랑 할머니와 흰 눈썹 호랑이	한 번도 못 해 본 놀이	동물 친구들도 노는 게 좋대요	머리가 좋아지는 똑똑한 놀이
	4	계절의 멋	하늘 공주가 그린 사계절	눈의 여왕	나뭇잎을 관찰해요	동시를 써 봐요
	5	자연 보호	세모산 솔이	꿀벌 마야의 모험	파브르 곤충기 (송장벌레)	관찰 기록문을 써 봐요
B (초2 ~초3)	1	학교생활	사랑의 학교	섬마을 학교가 좋아졌어요	우리 반 사고뭉치 기동이	소개하는 글을 써 봐요
	2	호기심 과학	불개 이야기	시턴 "동물기" (위대한 통신 비둘기 아노스)	물을 훔쳐 간 범인을 찾아라!	안내하는 글을 써 봐요
	3	여행의 즐거움	하나의 빨간 모자	15소년 표류기	갯벌 탐사 여행	기행문을 써 봐요
	4	즐거운 책 읽기	행복한 왕자	멸치 대왕의 꿈	물의 여행	독서 감상문을 써 봐요
	5	박물관 나들이	민속 박물관에는 팡이가 산다	재미있는 세계 이야기 박물관	과학관으로 놀러 오세요	광고하는 글을 써 봐요

단계	권	주제	제재			
			언어(1주)	사회(2주)	과학(3주)	통합 활동 장르별 글쓰기(4주)
C (초3 ~초4)	1	교통의 발달	자동차의 왕, 헨리 포드	당나귀를 타려다가……	교통수단, 사람들 사이를 잇다	명화 속 교통수단
	2	날씨와 환경	그리스 로마 신화	북극 소년 피터	생활 속 과학	날씨와 생활
	3	나누며 사는 삶	마더 테레사	민들레 국숫집	지진과 화산	주장하는 글을 써 봐요
	4	지역의 자연환경	울산 바위의 유래	우리 마을이 최고야!	아름다운 우리 고장	우리 마을 지도를 그려 봐요
	5	지역의 문화	준치가 메기 된 날	강릉의 딸, 겨레의 어머니 신사임당	우리나라 풀꽃 이야기	지역 특산물을 소개해 봐요
D (초5 ~초6)	1	우리 역사	삼국유사	옛날 사람들은 어떻게 살았을까?	역사를 바꾼 겨레 과학	지붕 없는 박물관, 경주 역사 유적 지구
	2	문화재	반야산 불상의 전설	난중일기	우리 문화에 숨어 있는 과학	설명하는 글은 어떻게 쓸까요?
	3	경제생활	탈무드로 만나는 경제	나눔을 실천한 기업가 유일한	재미있는 확률 이야기	기사문은 어떻게 쓸까요?
	4	정보화 사회	컴퓨터 천재 빌 게이츠	봉수와 파발	컴퓨터와 인터넷 세상	연설문은 어떻게 쓸까요?
	5	세계와 우주	우주를 여행하는 과학자 스티븐 호킹	80일간의 세계 일주	별과 우주	희곡은 어떻게 쓸까요?

각 학년의 교과와
연계된 주제로 다양한 글을
읽을 수 있어요.

세마리 토끼잡는 독서논술 이렇게 공부하세요

자신 있게 학습할 수 있는 단계를 선택하세요.

〈세 마리 토끼 잡는 독서 논술〉은 어린이 개인의 능력에 따라 단계를 선택하여 학습할 수 있는 교재입니다. 학년과 상관없이 자신이 자신 있게 학습할 수 있는 단계부터 선택하는 것이 중요합니다. 너무 어려운 단계나 너무 쉬운 단계를 선택하면 학습에 흥미를 잃을 수 있으므로 주의하세요.

한 주 동안 읽어야 할 독서 자료를 미리 읽으세요.

한 주 동안 읽어야 할 독서 자료를 미리 읽고 전체 내용을 파악한 다음, 매일 3장씩 읽고 문제를 푸는 것이 독서 학습을 하는 데 효과적입니다. 독서에는 흐름이 있습니다. 전체의 흐름을 미리 알고 세부적인 문제를 푸는 것이 사고력 확장에 도움이 됩니다.

매일 3장씩 꾸준히 공부하세요.

'가랑비에 옷이 젖는다.'라는 속담처럼 매일 꾸준히 3장씩 읽고, 생각하고, 표현하다 보면 독서, 사고, 통합 교과적 사고 능력이 성장한다는 것을 느낄 수 있을 것입니다. 그리고 매일 학습을 마친 뒤에는 '1일 학습 끝!' 붙임 딱지를 붙이면서 성취감을 느껴 보세요.

한 주 학습을 마친 후 자기 평가를 해 보세요.

한 주 학습이 끝난 다음에는 체크 리스트를 통해 학습한 내용을 얼마나 이해하고 적용할 수 있는지 스스로 평가해 보세요. 그래서 부족한 부분이 있다면 다시 한번 짚고 넘어가세요.

부모님과 깊이 있는 대화를 나누어 보세요.

한 주 동안 독서 자료를 읽고 문제를 풀면서 생각하고 표현해 보았다면, 그 주제에 대해 부모님과 이야기를 나누어 보세요. 주제에 대해 자신이 새롭게 알게 된 것이나 다르게 생각하게 된 것을 부모님과 이야기하다 보면 생각이 더욱 커진답니다.

한 주 학습표

일	월	화	수	목	금	토

★ 한 주 동안 읽어야 할 독서 자료 미리 읽기

★ 매일 3장씩 학습하기 → '1일 학습 끝!' 붙임 딱지 붙이기 → 한 주 학습이 끝나면 체크 리스트를 보며 평가하기

★ 부족한 부분 되짚기
★ 주요 내용 복습하기

세마리  토끼잡는 독서논술

P단계
2권

주제	주	제목	교과 연계 내용
예절 지키기	언어(1주)	여우와 두루미	[국어 1-1] 소리 내어 또박또박 읽기 / 문장에 어울리는 낱말 넣기
			[국어 2-1] 인물의 마음 상상하며 읽기
			[국어 3-1] 일이 일어난 까닭 알기 / 글을 읽고 의견 파악하기
			[국어 3-2] 차례대로 내용 간추리기
			[통합교과 봄1] 친구에 대하여 알기 / 친구와 사이좋게 지내기
	사회(2주)	고양이가 달라졌어요	[국어 3-1] 알맞은 높임 표현 알기 / 높임 표현을 사용해 대화하기 / 글을 읽고 내용 간추리기
			[국어 3-2] 언어 예절 생각하며 바르게 대화하기
			[통합교과 봄1] 친구와 사이좋게 지내기
			[통합교과 여름1] 집에서 지켜야 하는 규칙과 예절 알기 / 바르게 식사하는 순서와 방법 알기 / 가족이 함께하는 행사 알기
			[통합교과 봄2] 몸을 깨끗이 해야 하는 이유를 알고 실천하기
			[통합교과 여름2] 다양한 가족의 형태 알기
	과학(3주)	비비네 집으로 놀러 와!	[국어 1-1] 받침이 있는 글자를 읽고 쓰기 / 문장에 어울리는 낱말 넣기
			[국어 3-1] 마음을 담아 편지 쓰기
			[수학 1-1] 덧셈과 뺄셈 알기
			[통합교과 봄1] 봄과 관련 있는 동식물 알기
			[통합교과 여름2] 여름과 관련 있는 동식물 알기
	통합 활동 (4주)	안녕하세요?	[국어 1-1] 알맞은 인사말 하기 / 겪은 일을 떠올려 그림일기 쓰기
			[국어 3-1] 알맞은 높임 표현 알기 / 높임 표현을 사용해 대화하기
			[국어 3-2] 언어 예절 생각하며 바르게 대화하기
			[통합교과 여름1] 바르게 식사하는 순서와 방법 알기
			[통합교과 겨울2] 다른 나라에 관심 갖기

1주

여우와 두루미

생각톡톡 '여우' 하면 제일 먼저 떠오르는 낱말은 무엇인가요?

관련교과 [국어 1-1] 소리 내어 또박또박 읽기 / 문장에 어울리는 낱말 넣기
[통합교과 봄1] 친구에 대하여 알기 / 친구와 사이좋게 지내기

01 여우와 두루미

맑은 개울이 흐르는 아름다운 산속에
동물들이 옹기종기 모여 사는 마을이 있었어요.
마을 동물들은 서로 사이좋게 지냈지요.

하지만 여우와 두루미는
사이가 좋지 않았어요.
두루미가 '안녕' 하고 인사하면
여우가 고개를 돌리곤 했거든요.

언어 서로 사이가 좋지 않은 두 동물을 찾아 ○표 하세요.

| 두더지 | 두루미 | 토끼 | 여우 |

여우는 친절하고 인기 많은
두루미가 얄미웠어요.
그래서 두루미를 보면
저절로 얼굴을 찡그렸지요.

"두루미는 왜 저렇게 잘난 척할까?
어휴, 저 긴 목에 빳빳하게 힘주고
거드름을 피우며 걸어가는 것 좀 봐!"
여우는 두루미와 건널목에서 만나도
콧방귀를 뀌며 못 본 척 지나갔어요.

※ 거드름: 거만스러운 태도.

과학 탐구 여우와 두루미에 대한 설명으로 알맞은 것을 찾아서 ☐ 안에
✔ 표 하세요.

둘 다 동물이에요. ☐ 둘 다 알을 낳아요. ☐

그러던 어느 날 두루미의 생일날이 되었어요.

두루미는 친한 동물들을 초대해서

맛있는 음식을 대접했지요.

물론 여우는 초대하지 않았어요.

"쳇, 나를 빼놓다니! 하는 짓마다 얄밉다니까."

여우는 두루미네 집을 매섭게 쏘아보았어요.

그러다가 무릎을 탁 쳤지요.

"두루미를 약 올려야겠다."

＊ **대접하다**: 손님에게 음식을 차려 주다.
＊ **약**: 비위가 몹시 상할 때 일어나는 감정.

언어 **두루미의 생일날 초대받지 못한 동물을 찾아 색칠하세요.**

여우   다람쥐   원숭이

17

여우는 두루미에게
초대장을 썼어요.

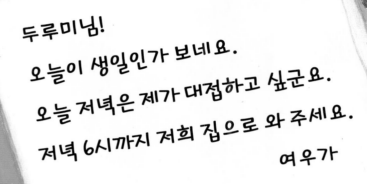

두루미님!
오늘이 생일인가 보네요.
오늘 저녁은 제가 대접하고 싶군요.
저녁 6시까지 저희 집으로 와 주세요.
여우가

여우는 못된 미소를 지으며
초대장을 봉투에 넣었어요.
그러고는 재빨리 두루미네 집으로 달려가
두루미네 우편함에 초대장을 넣었어요.

우편함

언어 초대장에 들어가지 <u>않는</u> 내용을 찾아 색칠하세요.

| 초대하는 사람 | 초대하는 때와 장소 | 초대받지 못한 사람 |

두루미는 손님들을 *배웅하고

집으로 들어가다가

우편함에 있는 초대장을 보았어요.

두루미는 여우의 초대장을 읽어 보았지요.

"휴~, 다행이다. 날 미워하는 줄 알았네.

알고 보니 여우는 참 착한 친구구나!"

두루미는 집을 깨끗하게 청소한 뒤,

여우네 집으로 향했어요.

※ **배웅하다**: 떠나는 손님을 따라 나가서 작별하여 보내다.

언어 여우가 쓴 초대장을 받은 두루미가 한 생각으로 알맞은 것을 찾아 ○표 하세요.

참 착한
친구구나!

잘난 척하는
만큼 차렸는지
보겠어!

여우네 음식은
보나 마나 맛이
없을 거야.

두루미가 여우네 집 문을
똑똑 두드렸어요.
여우는 문을 열어 주며
*간사한 웃음을 지었지요.
"어서 오세요, 두루미님.
와 주셔서 감사합니다."

※ 간사하다: 나쁜 꾀를 부리는 등 마음이 바르지 않다.

두루미는 환하게 웃으며 대답했어요.

"아니, 뭘요. 초대해 주셔서 감사합니다.

어떤 음식을 준비하셨을지 몹시 기대가 되는군요."

 논술 빈칸에 들어갈 알맞은 낱말을 이 글에서 찾아 써 보세요.

두루미가 여우네 집 문을 　　　　두드렸어요.

23

식탁 앞에 앉은 두루미에게 여우가 음식을 내놓았어요.
여우는 멋진 식탁에 얇은 접시를 올려놓더니
금방 끓인 뜨거운 수프를 부어 주었어요.
"많이 드세요, 두루미님."

수프에서는 무척 맛있는 냄새가 났어요.

하지만 부리가 긴 두루미는 얕은 접시에 담긴

수프를 먹을 수 없었답니다.

※ **얕다**: 겉에서 속, 또는 밑에서 위까지의 길이가 짧다.

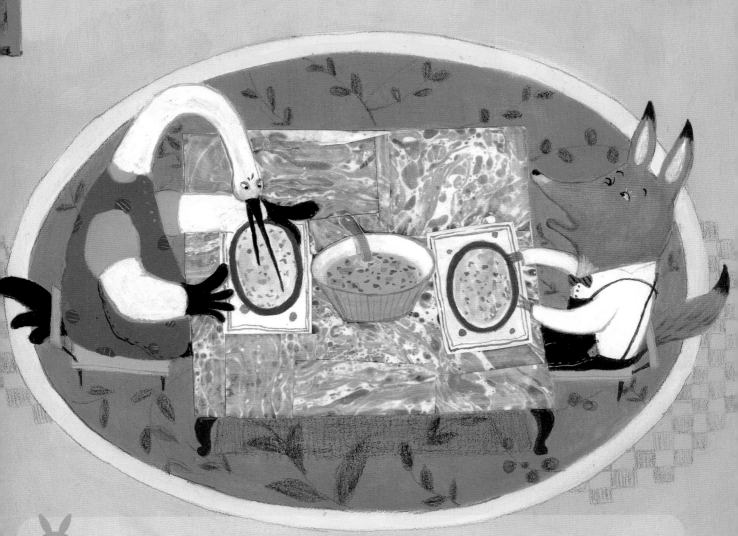

언어 두루미가 수프를 먹을 수 없었던 까닭으로 알맞은 것을 찾아
색칠하세요.

접시가 넓어서   접시가 얕아서   수프가 뜨거워서

수프를 먹기에는 두루미의 부리가
너무 뾰족하고 날카로웠거든요.
두루미는 부리로 접시를 열심히 쪼았지만
수프를 조금도 입에 넣을 수 없었지요.

"왜 안 드세요? 맛있게 끓여졌는데."
여우는 두루미를 약 올리기라도 하듯
뜨거운 수프를 후후 불어 가며 맛있게 먹었어요.

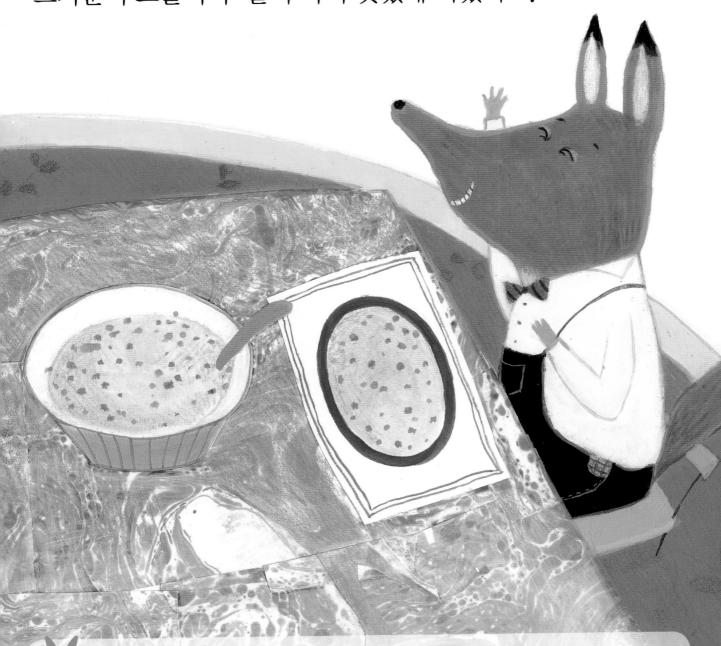

과학
탐구

두루미의 부리에 대해 잘못 설명한 것에 ✕표 하세요.

| 길쭉해요. | 끝이 뾰족해요. | 끝이 뭉툭해요. |

두루미가 한 입도 먹지 못하는 것을 보고
여우는 얄밉게 말했어요.
"낮에 많이 드셔서 배가 부르신가 보군요.
제가 대신 먹어 드릴게요."
그러더니 두루미 앞에 놓인 접시를 가져다가
자기가 다 먹어 버리는 거예요.
두루미는 화가 나서 얼굴이 빨개졌어요.
두루미는 얄미운 여우를
*골려 주어야겠다고 생각했지요.

※ **골리다**: 상대편을 놀리어 약을 올리거나 화가 나게 하다.

1주 3일
학습 끝!

붙임 딱지 붙여요.

언어 두루미가 화난 까닭으로 알맞은 것에 ◯표 하세요.

| 여우가 한 입도 먹지 못해서 | 낮에 너무 많이 먹어서 | 여우가 자기 것까지 다 먹어서 |

"저를 위하여 이렇게 맛있는 음식을
차려 주셨으니 저도 보답을 해야겠지요?
내일은 저희 집에 오셔서 저녁을 드세요."
여우는 미소를 지으며 대답했어요.
"어머, 고마워라. 그럼 내일 저녁에 찾아갈게요."

* **보답**: 남이 베푼 친절한 행동이나 도움에 은혜를 갚음.

 언어 **초대를 받았을 때 알맞은 인사말을 찾아 색칠하세요.**

 고마워.
꼭 갈게.

 별로 가고
싶지 않아.

 바쁘지만
할 수 없지.

다음 날, 여우는 두루미네 집에 갔어요.

부엌에서는 맛있는 음식 냄새가 솔솔 났지요.

냄새만 맡아도 침이 꼴깍 넘어갔어요.

'두루미가 무슨 요리를 했을까?'

여우는 설레는 마음으로 식탁에 앉았지요.

두루미는 맛있게 요리한 음식을
좁고 기다란 유리병에 가득 담아서
식탁 위에 올려놓았어요.
두루미는 길고 뾰족한 부리를
긴 유리병에 넣고 음식을 맛있게 먹었지요.

언어 두루미가 음식을 담아 내
놓은 그릇으로 알맞은 것에 ○ 표
하세요.

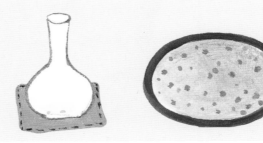

하지만 여우는 긴 유리병에 입이 들어가지 않아서
끙끙거리며 유리병만 핥았어요.*
여우가 음식을 꺼내 먹으려고
애쓰는 모습을 보고 두루미가 말했지요.

※ **핥다**: 혀가 물체의 겉면에 살짝 닿으면서 지나가게 하다.

1주 4일
학습 끝!

붙임 딱지 붙여요.

"주는 대로 받는 거예요.

어제 제 기분이 어땠는지 알겠어요?"

여우는 부끄러워서 얼굴이 빨개진 채로

도망치듯 두루미네 집을 나왔답니다.

논술 두루미가 여우에게 하고 싶은 말은 무엇인가요? 빈칸에 들어
갈 알맞은 말을 이 글에서 각각 찾아 써 보세요.

| | | 대로 | | | 거예요. |

┃ '여우와 두루미'를 잘 읽었나요? 일이 일어난 순서대로 ☐ 안에 번호를 쓰세요.

여우가 두루미의 말을 듣고 부끄러워서 도망치듯 두루미네 집을 나왔어요.

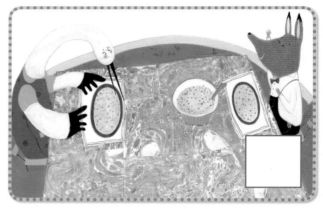

여우가 얕은 접시에 담긴 수프를 혼자만 맛있게 먹었어요.

여우가 두루미에게 초대장을 보냈어요.

두루미가 긴 유리병에 들어 있는 요리를 혼자만 맛있게 먹었어요.

두루미 생일날 여우는 초대를 받지 못했어요.

여우와 두루미는 서로 사이가 좋지 않았어요.

2 여우와 두루미가 음식을 먹기에 알맞은 그릇을 찾아 줄로 이으세요.

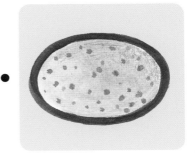

3 여우와 두루미가 앞에 놓인 수프를 먹으려면 어떤 도구를 사용해야 할까요? 알맞은 도구를 붙임 딱지에서 찾아 ❓에 붙이세요.

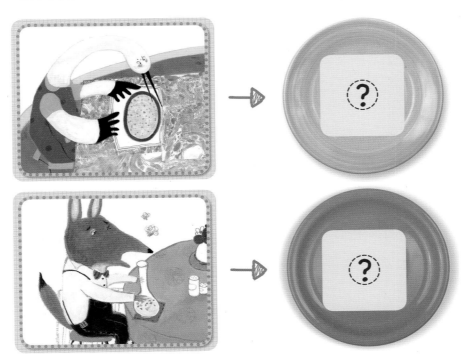

사진에 어울리는 낱말을 찾아 줄로 이으세요.

 · ·

 · ·

 · ·

 · ·

2 주어진 낱말에 어울리는 그림을 찾아 ◯표 하세요.

길다

 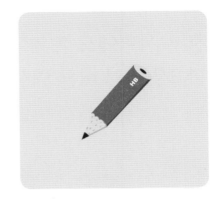

깨끗하다

날카롭다

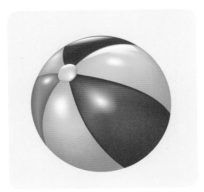 

얇다

내가 할래요

예절왕을 뽑아요

친구 사이에도 지켜야 할 예절이 있어요. 어떤 행동이 예의 바른 것일까요? 예의 바른 예절왕 친구를 찾아 ○표 하세요.

(1)

장난감을 함께 가지고 놀아요.

장난감을 혼자만 가지고 놀려고 해요.

(2)

친구 물건을 마음대로 써요.

친구 물건을 허락받고 써요.

1주 학습 끝!

확인할 내용	잘함	보통임	부족함
1. 이번 주 학습을 5일(월요일~금요일) 안에 끝마쳤나요?			
2. 다른 사람을 배려해야 하는 까닭을 알게 되었나요?			
3. 다른 사람의 마음을 헤아리며 행동할 수 있나요?			
4. 예의 바른 행동이 무엇인지 잘 알게 되었나요?			

(3)

마구 움직이면서 밥을 먹어요.

얌전히 앉아서 밥을 먹어요.

1주 5일
학습 끝!

붙임 딱지 붙여요.

(4)

공부 시간에 시끄럽게 떠들어요.

공부 시간에 조용히 공부해요.

전하는 말

2주

고양이가 달라졌어요

생각톡톡 생일잔치에 딱 한 사람만 초대해야 한다면 누구를 초대하고 싶나요?

관련교과 [국어 3-1] 알맞은 높임 표현 알기 / 높임 표현을 사용해 대화하기 / 글을 읽고 내용 간추리기
[통합교과 여름1] 집에서 지켜야 하는 규칙과 예절 알기 / 바르게 식사하는 순서와 방법 알기

고양이가 달라졌어요

염소 할아버지의 생신 잔치가 열렸어요.

원숭이는 '둥둥, 두두둥' 북을 치고,

참새는 '뿌우, 뿌뿌' 나팔을 불었어요.

동물들은 그 소리에 맞추어 덩실덩실 춤을 추었지요.

염소 할아버지는 기분이 좋아서

얼굴에 난 수염을 씰룩씰룩 움직였답니다.

언어 그림에 어울리는 소리나 모양을 흉내 내는 말을 찾아 줄로 이으세요.

북
•

나팔
•

춤
•

•
뿌우

•
둥둥

•
덩실덩실

논술 염소 할아버지는 기분이 좋아서 얼굴에 난 수염을 씰룩씰룩 움직였어요. 여러분은 기분이 좋을 때 어떻게 하는지 말해 보세요.

나는 기분이 좋을 때 _____

_____

"할아버지, 생신 축하해요."

귀여운 토끼가 염소 할아버지께 공손히 인사했어요.

"할아버지, 건강하게 오래오래 사세요."

원숭이도 염소 할아버지께 인사말을 했어요.

"모두 고맙구나."

동물들은 염소 할아버지께 큰절을 하고,

음식이 차려진 자리로 갔어요.

※ **공손하다**: 말이나 행동이 남을 존중하고 자기를 내세우지 않으며 예의 바르다.
※ **큰절**: 앉으면서 허리를 굽혀 머리를 조아리는 절.

사회탐구 남자와 여자가 큰절을 하는 방법은 서로 달라요. 알맞은 방법으로 큰절을 한 모습에 각각 ○표 하세요.

남자

여자

 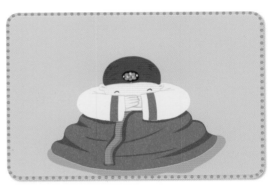

논술 토끼와 원숭이는 생신을 맞이한 염소 할아버지께 인사말을 하였어요. 여러분은 할머니, 할아버지 생신날 어떤 인사말을 하는지 말해 보세요.

상 위에는 맛있는 음식들이 가득 차려져 있었어요.

"모두 앉아서 맛있게 먹으렴."

동물들은 바른 자세로 앉아 맛있게 음식을 먹었어요.

'소곤소곤, 두런두런' 즐겁게 이야기도 나누었지요.

그때, 고양이가 흙먼지를 내며 달려오더니 염소 할아버지께

인사도 하지 않고 대뜸 상 앞으로 갔어요.

※ 대뜸: 이것저것 생각할 것 없이 그 자리에서 곧.

언어 염소 할아버지께 인사도 하지 않고 대뜸 상 앞으로 간 동물을 찾아 ○표 하세요.

토끼

고양이

여우

2주 1일 학습 끝!

붙임 딱지 붙여요.

사회 탐구 식사할 때 바른 자세를 찾아 색칠하세요.

바르게 앉아서 먹어요.

장난을 치면서 먹어요.

논술 여러분이 생일잔치에 친구들을 초대한다면 어떤 음식을 대접하고 싶은가요? 빈 접시에 써 보세요.

"저리 비켜. 맛있는 건 내가 먹을 거야."
고양이는 토끼를 확 밀어내고 자리에 앉은 다음
더러운 손으로 음식을 집어 우걱우걱 먹어 댔어요.
"어휴, 저렇게 욕심 많은 녀석은 처음 봐."
"얼마나 안 씻었는지 냄새가 지독하네."
동물들은 혀를 끌끌 차며 얼굴을 찡그렸어요.

사회 탐구 고양이가 한 잘못된 행동을 모두 찾아 ☐ 안에 ✔ 표 하세요.

- 즐거운 마음으로 음식을 먹어요. ☐

- 손을 씻지 않고 음식을 먹어요. ☐

- 친구를 밀어내고 그 자리에 앉아요. ☐

- 음식을 먹기 전에 감사 인사를 해요. ☐

논술 고양이는 토끼를 밀어내고 자리에 앉았어요. 여러분이라면 어떤 말로 자리를 양보해 달라고 했을지 말해 보세요.

저리 비켜.

"더러운 손으로 음식을 먹으면 어떻게 해."

다람쥐가 못마땅해하자 고양이가 소리쳤어요.

"흥, 난 아무렇게나 먹어도 괜찮아."

말 아저씨가 달려와 고양이를 나무랐어요.

"이놈! 정말 버릇없구나. 혼 좀 나야겠어."

고양이는 더 퉁명스럽게 대답했어요.

"쳇, 무슨 상관이람!"

말 아저씨는 더욱 화가 나서 큰 소리로 야단쳤어요.

* 못마땅하다: 마음에 들지 않아 좋지 않다.
* 나무라다: 잘못을 꾸짖어 알아듣도록 말하다.
* 야단치다: 소리를 높여 무섭게 혼내다.

과학 탐구 더러운 손으로 음식을 먹으면 안 되는 까닭을 모두 찾아 □ 안에 ✔표 하세요.

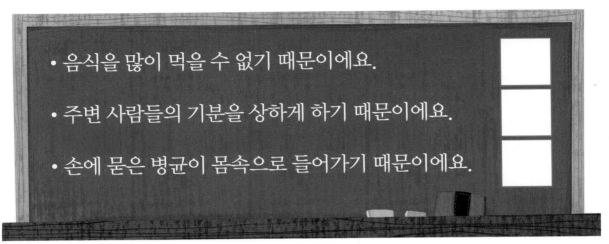

- 음식을 많이 먹을 수 없기 때문이에요.
- 주변 사람들의 기분을 상하게 하기 때문이에요.
- 손에 묻은 병균이 몸속으로 들어가기 때문이에요.

논술 다람쥐는 고양이에게 잘못한 점을 말해 주었어요. 친구가 아래와 같이 잘못된 행동을 했을 때, 어떤 말을 해 주면 좋을지 말해 보세요.

할아버지 수염을 잡아당겨요.

할머니께 물건을 한 손으로 드려요.

그때 염소 할아버지가 다가왔어요.

"그만하게. 잘못이 있으면 좋은 말로 타일러야지.

어른이 먼저 올바른 말과 행동을 보여 주어야

아이가 이를 *본받지 않겠나?"

말 아저씨는 부끄러워 얼굴이 빨개졌어요.

"어르신, 제 생각이 짧았습니다.

앞으로는 아이들 앞에서 *모범을 보이겠습니다."

※ **본받다**: 본보기로 하여 이를 따라 하다.
※ **모범**: 본받아 배울 만한 대상.

언어 말 아저씨가 얼굴이 빨개진 까닭을 찾아 ◯표 하세요.

날씨가 너무 더워서

고양이의 태도에 화가 나서

자신이 한 행동이 부끄러워서

2주 2일
학습 끝!

붙임 딱지 붙여요.

사회탐구 어른께 잘못된 행동을 지적받았을 때 바르게 행동한 친구를 찾아 색칠하세요.

잘못한 게 없다고 말씀 드려요.

듣는 척만 하고 잘못은 고치지 않아요.

귀 기울여 듣고 스스로를 돌아보아요.

논술 여러분이 염소 할아버지라면 고양이에게 어떻게 말했을까요? 염소 할아버지가 되어 말해 보세요.

고양이야,

55

할아버지는 부드러운 목소리로 고양이에게 말했어요.

"배가 많이 고픈 모양이로구나. 먼저 손부터 씻자."

염소 할아버지는 고양이의 손을 잡아끌었어요.

고양이는 고집스럽게 ˚뻗대며 소리쳤어요.

"싫어요! 씻는 건 정말 싫다고요!"

"아주 잠깐이면 된단다. 손을 깨끗하게 씻어야

감기에도 걸리지 않고, 건강하게 지낼 수 있지."

고양이는 염소 할아버지의 인자한 얼굴을 보고는

더 이상 고집을 피우지 않았어요.

˚ 뻗대다: 쉬이 따르지 아니하고 고집스럽게 버티다.

과학 탐구 손을 씻어야 하는 까닭을 알맞게 말한 것에 모두 색칠하세요.

 감기에 걸리지 않는단다.

 건강하게 지낼 수 있단다.

 잠이 쿨쿨 잘 온단다.

 사회 탐구 건강한 생활을 위한 습관으로 알맞지 <u>않은</u> 것에 ✕표 하세요.

음식 골고루 먹기

밖에서 돌아오면 손 씻기

늦게 자고 늦게 일어나기

논술 고양이는 씻는 것이 싫지만 염소 할아버지의 말씀을 듣기로 했어요. 여러분은 하기 싫어도 하게 되는 일이 무엇인지 써 보세요.

보기 일기 쓰기

염소 할아버지는 냇가로 가서
고양이를 깨끗이 씻어 주었어요.
"어이구, 정말 잘생긴 아이로구나. 한번 보겠니?"
고양이는 할아버지가 내민 손거울을 보고
기분이 좋아졌어요.
"이야, 깨끗하게 씻으니까 정말 기분 좋다."
"그렇지? 앞으로는 네 스스로 몸을 깨끗이 씻으렴."

언어 염소 할아버지가 고양이를 씻어 주기 위해 데리고 간 곳은 어디인지 찾아 ◯표 하세요.

냇가

강가

바닷가

우물가

논술 염소 할아버지는 고양이에게 앞으로는 스스로 몸을 씻으라고 하였어요. 여러분이 스스로 할 수 있는 일을 써 보세요.

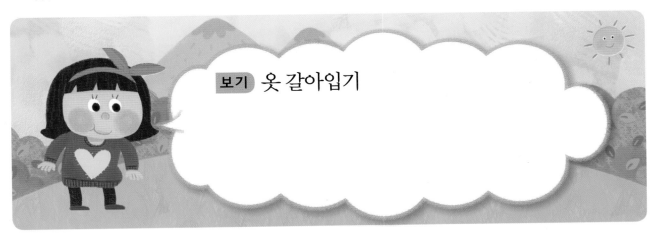

보기 옷 갈아입기

깨끗이 씻은 고양이는 염소 할아버지와 함께
잔치가 열리는 곳으로 갔어요.
"이제 음식을 먹어도 되지?"
고양이의 말에 염소 할아버지가 대답했어요.
"어른에게는 높임말을 써야 한단다."
고양이는 입을 삐죽이더니 쑥스러운 듯
모기 소리만 하게 말했어요.
"이제 음식을 먹어도 되나요?"
"그래, 아주 잘했다. 역시 넌 착한 아이로구나."

언어 고양이가 한 말을 예의 바르게 고친 것을 붙임 딱지에서 찾아 ? 에 붙이세요.

이제 먹어도 되지?

→

?

 언어 어른께 높임말을 써야 하는 까닭으로 알맞지 <u>않은</u> 것을 찾아 ╳표 하세요.

2주 3일
학습 끝!

붙임 딱지 붙여요.

바르고 고운 말이기 때문이에요.

예절 바른 행동이기 때문이에요.

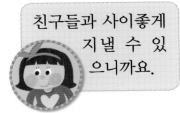

친구들과 사이좋게 지낼 수 있으니까요.

논술 예의 바르게 행동해서 칭찬받았던 경험을 말해 보세요.

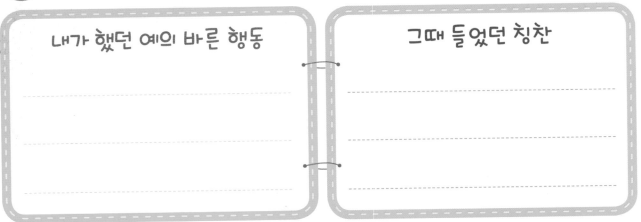

내가 했던 예의 바른 행동

그때 들었던 칭찬

고양이는 음식을 덥석 집어 먹으려고 했어요.

그때 원숭이가 말했어요.

"음식을 먹을 땐 어른이 드시고 난 다음에 먹는 거야."

고양이는 염소 할아버지께 집은 음식을 먼저 드렸어요.

"할아버지, 먼저 드세요."

"오냐, 고맙다. 너도 어서 먹어라."

※ 들다: '먹다'의 높임말.

 사회 탐구 어른과 함께 음식을 먹는 태도로 올바른 것에 ◯표 하세요.

 언어 아래 낱말과 관계있는 높임말을 찾아 줄로 이으세요.

밥 •	• 연세
나이 •	• 진지
먹다 •	• 들다
말 •	• 생신
생일 •	• 말씀

고양이는 자기가 좋아하는 한 가지 음식만 골라

쩝쩝 소리를 내며 먹었어요.

그 모습을 본 염소 할아버지가 말했어요.

"입을 다물고 소리 나지 않게 먹어야 한단다.

그리고 먹을 만큼만 덜어서 골고루 먹도록 하렴."

고양이는 쑥스러운 듯 머리를 긁적였어요.

그러고 나서 배운 대로 점잖게 음식을 먹었답니다.

※ 점잖다: 행동이나 태도가 의젓하고 신중하다.

사회 탐구 음식을 먹는 태도가 올바른 친구를 찾아 ◯표 하세요.

요란하게
소리를 내면서 먹어요.

소리 나지 않게 입을 다물고
꼭꼭 씹어 먹어요.

과학 탐구 건강한 생활을 하려면 음식을 어떻게 먹어야 하나요? 알맞게
말한 것에 모두 색칠하세요.

먹을 만큼만
덜어서 먹어요.

하루 세 번
정해진 시각에
먹어요.

좋아하는
음식만 골라
먹어요.

논술 음식을 먹을 만큼만 알맞게 먹으면 어떤 점이 좋을까요? 여
러분의 생각을 말해 보세요.

보기 음식물 쓰레기가 줄어들어요.

65

고양이는 어른들께는 예의 바르고,
친구들에게는 상냥한 아이가 되었어요.
"염소 할아버지는 훌륭한 선생님이세요."
동물들의 말에 염소 할아버지가 대답했어요.
"아이들은 배우면 누구나 잘한단다.
내가 한 일은 아이들을 믿은 것뿐이지."

 언어 아이들에 대한 염소 할아버지의 생각으로 알맞은 것에 색칠하세요.

○○ 배우면 누구나 잘해요.

○○ 배워도 소용이 없어요.

○○ 배우지 않아도 알아서 잘해요.

사회 탐구 친구들이 함께 율동을 하고 있어요. 예의 바르지 못한 친구를 찾아 ✕표 하세요.

친구들과 잘 맞춰서 해야지.

나만 신나게 추어야지.

친구들에게 닿지 않게 조심해야지.

 논술 동물들은 염소 할아버지를 훌륭한 선생님이라고 생각했어요. 여러분이 생각하는 훌륭한 선생님은 어떤 사람인지 말해 보세요.

보기 아이들을 사랑하는 선생님이에요.

Ⅰ '고양이가 달라졌어요'를 잘 읽었나요? 아래 그림을 보고 일이 일어난 순서대로 ◯ 안에 번호를 쓰세요.

염소 할아버지의 생신을 축하하는 잔치가 열렸어요.

버릇없던 고양이가 예의 바른 고양이가 되었어요.

염소 할아버지가 말 아저씨를 타일렀어요.

염소 할아버지가 고양이를 냇가로 데려가 깨끗이 씻어 주었어요.

동물들이 염소 할아버지께 인사하고 큰절을 했어요.

고양이가 버릇없는 행동을 해서 말 아저씨께 야단을 맞았어요.

2 이 이야기에 나오는 동물들의 성격으로 알맞은 것을 찾아 줄로 이으세요.

염소 할아버지 •

토끼 •

고양이 •

• 인자하다

• 버릇없다

• 예의 바르다

3 염소 할아버지의 가르침을 받은 고양이가 어떻게 바뀌었는지 붙임 딱지에서 찾아 ?에 붙이세요.

씻는 것을 싫어했어요. → ?

어른이 먹기 전에 음식을 먹었어요. → ?

낱말 쏙쏙

그림에 어울리는 낱말을 찾아 줄로 이으세요.

 •

•  생신

 •

•  인사말

 •

• 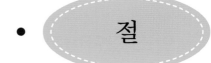 절

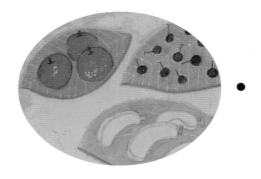 •

•  음식

2 동물의 이름을 <보기> 에서 찾아 빈칸에 써 보세요.

<보기>   말   염소   토끼   고양이   원숭이   다람쥐

내가 할래요

예쁜 한복을 만들어요

명절이나 생일잔치와 같이 특별한 날에는 한복을 많이 입지요? 색종이로 우리의 멋이 담긴 예쁜 한복을 접어 보아요.

★ **준비됐나요?** 색종이 2장

바지 접기

반을 접어요.
반을 접어요.

색종이를 반으로 접고 다시 반으로 접었다 펴요.

가운데 점을 향해 네 모서리를 방석처럼 접어요.

뒤집어서 앞과 같은 방법으로 접어요.

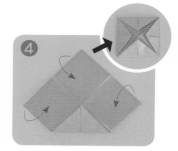

뒤집어서 다시 앞과 같은 방법으로 접어요.

마름모를 펼쳐 이렇게 만들어요.

뒤집어서 마주 보는 마름모(◇) 두 개를 펼쳐 직사각형(□)으로 만들어요.

반을 접어요.
바깥으로 빼 주어요.

★ 부분이 맞닿도록 안쪽으로 반을 접고 마름모는 바깥쪽으로 빼 주어요.

뾰족하게 위로 뻗어 있는 부분을 아래쪽으로 각각 펴 주어요.

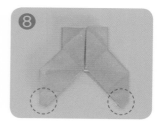

끝부분을 안쪽으로 접어 넣으면 한복 바지 완성!

2주 학습 끝!

확인할 내용	잘함	보통임	부족함
1. 이번 주 학습을 5일(월요일~금요일) 안에 끝마쳤나요?			
2. 고양이의 태도가 어떻게 달라졌는지 이해하였나요?			
3. 높임말을 알맞게 쓸 수 있나요?			
4. 색종이로 한복을 잘 만들 수 있나요?			

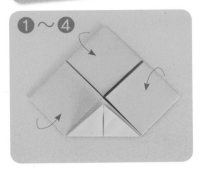 ❶ ~ ❹

❶ ~ ❹ 까지는 바지 접기와 같은 방법으로 접어요.

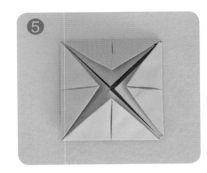 ⑤

여기까지 다 접었으면 다시 한 번 뒤집어 주어요.

 ⑥

이 부분을 펼쳐요.

네 개의 마름모를 모두 펼쳐 직사각형을 만들어요.

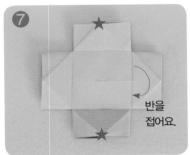 ⑦

반을 접어요.

★ 부분이 서로 맞닿도록 안쪽으로 반을 접어요.

2주 5일 학습 끝!

붙임 딱지 붙여요.

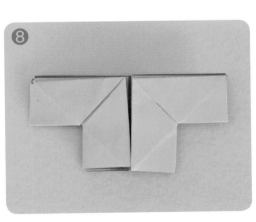 ⑧

한복 저고리 완성!

드디어 완성!

전하는 말

73

비비네 집으로 놀러 와!

생각톡톡 여러분 집에서 친구들에게 가장 자랑하고 싶은 곳은 어디인가요?

관련교과

[수학 1-1] 덧셈과 뺄셈 알기

[통합교과 여름2] 여름과 관련 있는 동식물 알기

비비네 집으로 놀러 와!

안녕? 내 이름은 모모야.

친구 '비비'를 만나러 길을 나섰다가

그만 길을 잃었어. 몇 시간째 길을 헤맸더니

다리가 덜덜 떨리지 뭐야.

너무 지쳐서 잠깐 쉬고 있는데,

누군가 말을 걸어 왔어.

"어이, 개미 소년. 네 이름이 뭐니?"

"모모예요. 친구 비비네 집을

찾고 있어요."

 언어 '모모'는 어떤 곤충인지 찾아 ◯표 하세요.

나비

개미

벌

모기

수리 탐구 '개미의 몸 구조'를 보고, 개미의 다리 수와 더듬이 수를 모두 더하면 몇인지 빈칸에 숫자로 쓰세요.

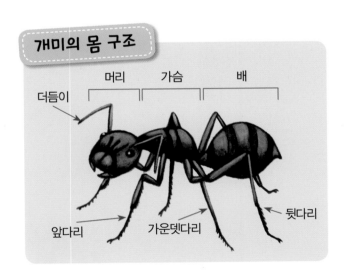

개미의 몸 구조

머리　가슴　배

더듬이

앞다리　가운뎃다리　뒷다리

$$6 + 2 = \boxed{} \text{(개)}$$

〈다리 수〉　〈더듬이 수〉

"비비라고? 그럼 우리와 함께 가면 되겠구나.

그런데 그 전에 꿀을 좀 모으고 가도 되겠니?"

"물론이죠."

나는 꿀벌들을 따라 꽃밭으로 갔어.

꿀벌들은 꽃 위에 사뿐히 내려앉아 꿀을 빨아들였어.

어찌나 열심히 꿀을 모으는지

몸에 꽃가루가 묻는 줄도 모르더라.

나는 이 모습이 정말 신기했어.

＊꽃가루: 식물의 수술에 있는 꽃의 가루.

 꿀벌들이 꿀을 모을 때 몸에 묻은 것은 무엇인가요? 알맞은 것에 색칠하세요.

물감   밀가루   꽃가루

아래 그림에서 벌들이 꿀을 얻을 수 있는 곳에 🐝 붙임 딱지를 붙이세요.

 모모는 꿀벌들이 꿀을 모으는 모습이 신기했어요. 여러분이 신기하다고 느끼는 동물들의 모습을 말해 보세요.

보기 코끼리가 물을 먹는 모습이 신기했어요.

꿀벌들은 꿀을 다 모으고 나서
나를 나무 위에 있는 벌집*으로 데려다주었어.
"저기가 비비네 집이란다."
"우아!"
나는 신이 나서 다리를 세게 흔들었지.
"비비를 잘 만나고 가렴. 안녕."
"네, 모두 고맙습니다."

* **벌집**: 벌이 알을 낳고 먹이와 꿀을 저장하며 생활하는 집.

언어 이 글을 통해 알 수 있는 내용이 <u>아닌</u> 것에 ✕ 표 하세요.

벌집은 나무 위에 있어요.

개미는 다리가 없어요.

꿀벌들은 벌집에 살아요.

수리 탐구 벌집에서 꽃밭까지의 거리가 5미터라면, 벌집을 떠나 꿀을 모으고 돌아온 거리는 얼마인지 빈칸에 알맞은 수를 쓰세요.

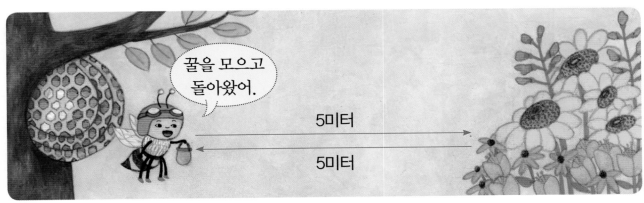

꿀을 모으고 돌아왔어.

5미터

5미터

3주 1일 학습 끝!

붙임 딱지 붙여요.

$$5 + 5 = \boxed{} \text{(미터)}$$

논술 모모가 비비네 집에 도착했을 때 어떤 기분이었을지 보기 에서 찾아 빈칸에 써 보세요.

보기   슬펐어요   아팠어요   기뻤어요

모모는 매우 ☐☐☐☐ .

"비비야, 안녕!"

"모모야, 반갑다. 정말 잘 왔어."

우리는 서로를 꼭 끌어안았어.

"우리 집을 구경시켜 줄게."

비비가 육각형 모양의 방을 보여 주었어.

"이렇게 육각형으로 하면 빈틈없이 방을 만들 수 있어.

벌집도 더욱 튼튼하게 지을 수 있지."

육각형: 여섯 개의 직선으로 둘러싸인 평면 도형.

과학 탐구 육각형 모양의 방이 있는 벌집의 모습으로 알맞은 것에 ◯표 하세요.

예체능 벌집은 방이 육각형 모양으로 되어 있어 빈틈 없이 튼튼해요. 여러분이 살고 싶은 집의 모양을 간단하게 그려 보세요.

각 방은 *애벌레 방, 꿀 방,

꽃가루 방으로 나누어 사용하고 있었어.

"어, 그런데 저 벌들은 뭘 하는 거야?"

"응, 집을 늘리는 거야."

비비는 애벌레가 많아지고 꿀 넣을 자리가 부족하면

집을 늘려야 한다고 말했어.

꿀벌들은 몸속에서 나온 *밀랍으로 집을 만든다고 해.

* **애벌레**: 알에서 나온 후 아직 다 자라지 아니한 벌레.
* **밀랍**: 꿀벌의 몸에서 나오는 물질로 양초 등을 만드는 데 사용됨.

벌집에 있는 각 방에 대한 설명으로 알맞은 것에 모두 ○표 하세요.

꿀 방
꿀을 모아 두는
곳이에요.

꽃가루 방
꽃가루를 모아
두는 곳이에요.

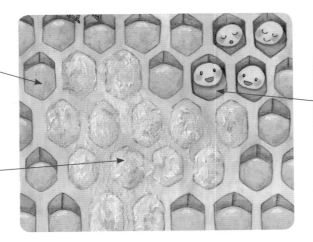

애벌레 방
애벌레가 자라
는 곳이에요.

논술 멋진 집을 짓는 꿀벌은 사람으로 치면 '건축가'라고 할 수 있어요. 빈칸에 들어갈 알맞은 직업을 보기 에서 찾아 써 보세요.

보기

경찰관　　　선생님　　　간호사　　　비행사

• 강아지는 우리 집을 지키는 ☐☐☐ .

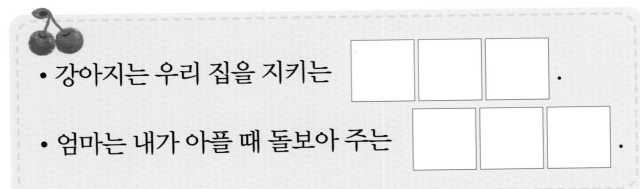

• 엄마는 내가 아플 때 돌보아 주는 ☐☐☐ .

"와, 모두들 정말 열심히 일하는구나!"

나는 집을 짓는 꿀벌들을 보며 감탄했어.

"응, 일벌들이니까."

비비는 일벌에 대해 친절하게 설명해 주었어.

"일벌은 암컷인데, 집을 짓고 청소하는 일을 해.

또 애벌레를 돌보고 꿀을 모으는 일도 하지."

과학 탐구 일벌이 암컷인지 수컷인지 알맞은 것에 ◯표 하세요.

 과학 탐구 일벌이 하는 네 가지 일을 붙임 딱지에서 찾아 ⑦에 붙이세요.

3주 2일
학습 끝!

붙임 딱지 붙여요.

논술 일벌은 부지런한 곤충이에요. 여러분 가족 중에 일벌처럼 부지런한 사람을 쓰고, 그 사람은 어떤 일을 하는지 말해 보세요.

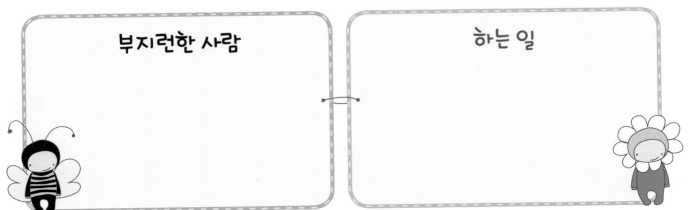

부지런한 사람	하는 일

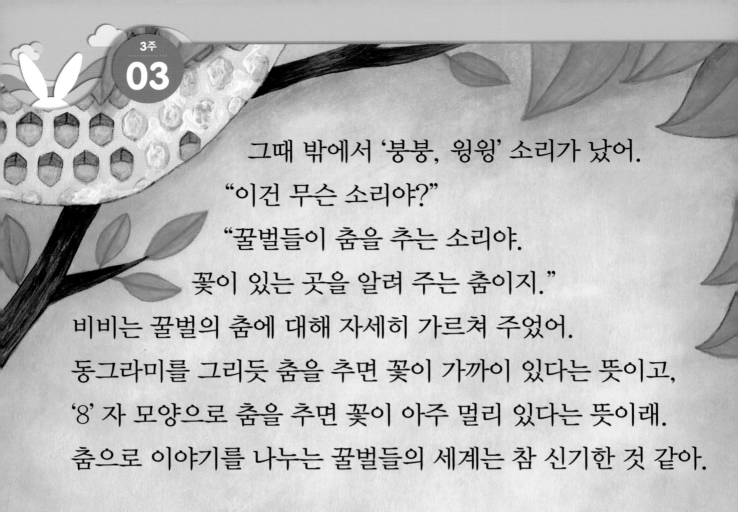

그때 밖에서 '붕붕, 윙윙' 소리가 났어.

"이건 무슨 소리야?"

"꿀벌들이 춤을 추는 소리야.

꽃이 있는 곳을 알려 주는 춤이지."

비비는 꿀벌의 춤에 대해 자세히 가르쳐 주었어.

동그라미를 그리듯 춤을 추면 꽃이 가까이 있다는 뜻이고,

'8' 자 모양으로 춤을 추면 꽃이 아주 멀리 있다는 뜻이래.

춤으로 이야기를 나누는 꿀벌들의 세계는 참 신기한 것 같아.

과학 탐구 꿀벌의 춤이 뜻하는 것을 찾아 줄로 이으세요.

•

• 꽃이 멀리 있어요.

•

• 꽃이 가까이 있어요.

언어 꿀벌이 날갯짓을 할 때 나는 소리로 알맞은 것에 모두 ◯표 하세요.

붕붕

찍찍

야옹

윙윙

논술 여러분이 꿀벌이라면 춤 대신 어떤 방법으로 꽃이 있는 곳을 알려 주고 싶나요? 여러분의 생각을 말해 보세요.

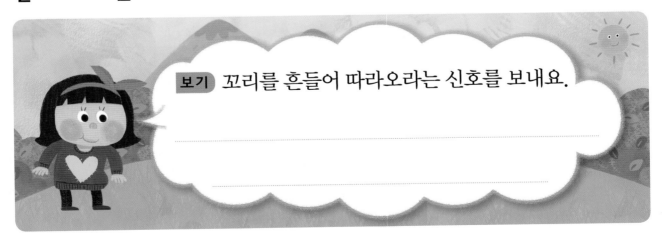

보기 꼬리를 흔들어 따라오라는 신호를 보내요.

89

나는 꿀벌이 춤추는 모습을 넋을 놓고 구경하다가

뒤에 있던 벌과 부딪치고 말았어.

"아야, 미안합니다."

"어이쿠, 괜찮으세요?"

그런데 그 벌은 일벌보다 몸집이 크고, 겹눈도 더 컸지.

비비는 그 벌을 '수벌'이라고 불렀어.

"수벌은 벌집 한 개에 몇 마리밖에 살지 않아.

여왕벌은 수벌과 혼인 비행을 해서 알을 낳는단다."

※ **겹눈**: 홑눈이 벌집 모양으로 여러 개 모여 된 눈.
※ **혼인 비행**: 꿀벌, 개미 따위의 수컷과 여왕벌이나 여왕개미가 일제히 날아올라 짝짓기하는 일.

모모가 수벌에 대해 새로 알게 된 내용으로 알맞은 것을 모두 찾아 □ 안에 ✔표 하세요.

- 일벌보다 몸집과 겹눈이 커요.

- 여왕벌과 혼인 비행을 해요.

- 일벌보다 수가 많아요.

 벌의 겹눈으로 알맞은 것에 ◯표 하세요.

 모모처럼 다른 사람과 부딪쳤을 때 어떤 인사말을 하면 좋을까요? 알맞은 인사말을 해 보세요.

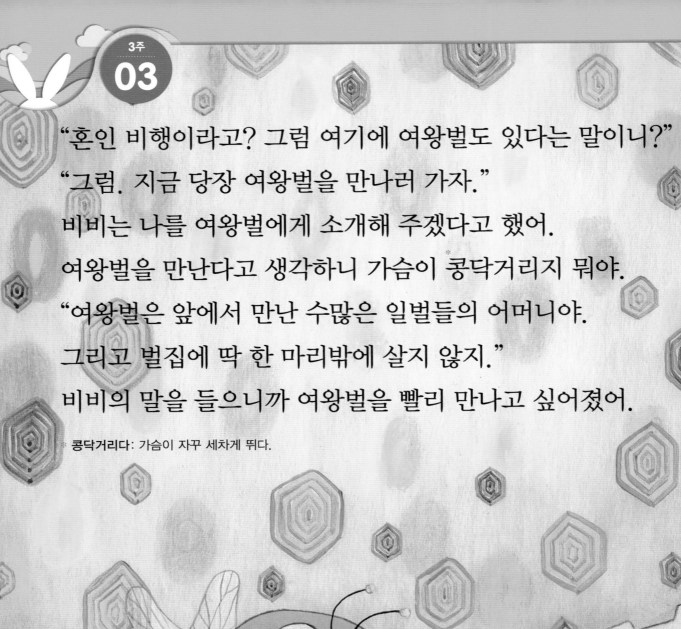

"혼인 비행이라고? 그럼 여기에 여왕벌도 있다는 말이니?"

"그럼. 지금 당장 여왕벌을 만나러 가자."

비비는 나를 여왕벌에게 소개해 주겠다고 했어.

여왕벌을 만난다고 생각하니 가슴이 콩닥거리지 뭐야.

"여왕벌은 앞에서 만난 수많은 일벌들의 어머니야.

그리고 벌집에 딱 한 마리밖에 살지 않지."

비비의 말을 들으니까 여왕벌을 빨리 만나고 싶어졌어.

※ **콩닥거리다**: 가슴이 자꾸 세차게 뛰다.

과학 탐구 여왕벌에 대해 바르게 말한 친구를 모두 찾아 ○표 하세요.

벌집 하나에 여왕벌이 여러 마리 살고 있어.

여왕벌은 일벌들의 어머니야.

여왕벌은 수벌과 혼인 비행을 해.

언어 두 개의 낱말이 합쳐져 하나의 낱말을 이루었어요. 어떤 낱말들이 합쳐진 것일까요? 보기 와 같이 나누어 써 보세요.

보기   여왕벌 → 여왕 + 벌

• 책가방 →   +

_____   _____

• 눈사람 →   +

_____   _____

3주 3일 학습 끝!

붙임 딱지 붙여요.

논술 여러분도 모모처럼 누군가를 만나기 전에 가슴이 뛰고 설렌 적이 있나요? 언제 그랬는지 말해 보세요.

보기 좋아하는 친구의 생일 초대를 받았을 때

_____

"여왕님, 제 친구 모모예요."

"오, 그래? 우리 벌집에 온 것을 환영해요."

여왕벌은 나에게 따뜻한 목소리로
인사를 해 주었어.

여왕벌은 일벌인 비비보다 몸집이
크고, 겹눈도 더 컸어.

특히 배가 다른 벌들보다 길었지.

나는 여왕벌의 자상하고 부드러운
미소에 기분이 좋아졌어.

＊ 자상하다: 인정이 넘치고 정성이 지극하다.

94

🐰 **과학탐구** '벌의 몸 구조'를 보고, 여왕벌이 다른 벌들보다 특히 긴 부분을 찾아 색칠하세요.

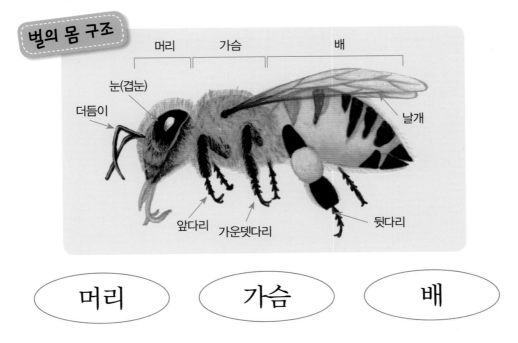

머리　　　가슴　　　배

🐰 **사회탐구** 모모는 벌집의 최고 어른인 여왕벌을 만났어요. 이처럼 어른을 만났을 때 인사하는 방법을 알맞게 말한 친구를 찾아 ◯표 하세요.

부지런한 일벌과 늠름한 수벌, 자상한 여왕벌을
모두 만나니 내 친구 비비를 더 잘 알게 된 것 같아.
튼튼하게 지은 벌집은 정말 부러웠지.
"비비야, 너희 꿀벌은 정말 멋진 곤충이야."
"고마워. 우리는 조만간 이사를 갈 거야.
새로운 여왕벌이 태어나기 전에
살던 벌집은 놔두고 이사를 가야 하거든."
"그래? 이사가 끝나면 우리 집에 놀러 오렴."
"응! 꼭 갈게."

※ **늠름하다**: 생김새나 태도가 의젓하고 당당하다.

 언어 모모는 일벌, 수벌, 여왕벌을 어떻게 생각했나요? 알맞은 것을 찾아 줄로 이으세요.

일벌

수벌

여왕벌

•

•

•

•

•

•

자상해요.

부지런해요.

늠름해요.

과학 탐구 꿀벌들은 새 여왕벌이 태어나기 전에 어떻게 하나요? 알맞게 말한 것을 찾아 ○표 하세요.

살던 벌집을 놔두고 다른 곳으로 이사를 가요.

벌집을 다른 곳으로 옮겨 달아요.

⭐

비비에게

집으로 초대해 주어서 고마워.

너도 우리 집이 궁금하지?

너희 집은 나무 위에 있고 방이 육각형

모양이지만, 우리 집은 땅속에 있고

*미로처럼 꼬불꼬불하단다.

우리 집에 널 초대할게. 꼭 놀러 오렴.

보고 싶다, 친구야.

· 때: ○○○○년 ○월 ○일 오후 2시

· 장소: 땅속 모모네 집

※ **미로**: 어지럽게 갈래가 져서, 한번 들어가면 다시 빠져나오기 어려운 길.

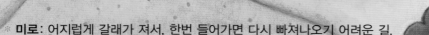

과학
탐구 꿀벌의 집과 개미의 집은 어떻게 다른가요? 각각의 특징을 찾아 줄로 이으세요.

꿀벌의 집

개미의 집

땅속에 있어요.

방이 육각형 모양이에요.

미로처럼 꼬불꼬불해요.

나무 위에 있어요.

언어 이 글의 내용으로 알맞은 것을 찾아 ◯표 하세요.

모모는 비비를 자신의 집으로 초대했어요.

비비는 모모네 집에 놀러 온 적이 있어요.

3주 4일
학습 끝!

붙임 딱지 붙여요.

논술 벌과 개미는 무리를 지어서 살아요. 이렇게 무리를 지어서 살면 어떤 점이 좋을지 보기 와 같이 말해 보세요.

보기 외롭지 않아요.

1 '비비네 집으로 놀러 와!'를 잘 읽었나요? 비비네 집은 어디에 있을까요? 다섯고개의 내용을 읽고, 알맞은 곳을 찾아 ○표 하세요.

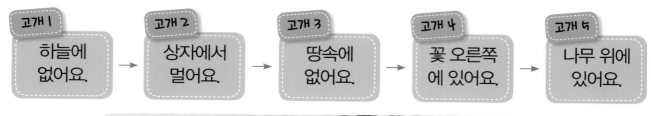

고개 1	고개 2	고개 3	고개 4	고개 5
하늘에 없어요.	→ 상자에서 멀어요.	→ 땅속에 없어요.	→ 꽃 오른쪽에 있어요.	→ 나무 위에 있어요.

❶ 구름 위
❺ 나무 위
❸ 땅속
❷ 상자 속
❹ 꽃 위

2 수벌, 일벌, 여왕벌이 하는 일을 찾아 줄로 이으세요.

수벌 ·   일벌 ·   여왕벌 ·

·   ·   ·

알을 낳아요.   청소, 집 짓기 등 여러 가지 일을 해요.   여왕벌과 혼인 비행을 해요.

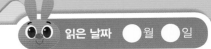

3 모모가 비비를 만나러 가려고 해요. 설명이 맞으면 ➡, 틀리면 ➡를 따라가 보세요.

4 모모는 비비를 어디로 초대했나요? 알맞은 곳을 찾아 색칠하세요.

땅속 개미집

나무 위 꿀벌 집

낱말 쏙쏙

보기 의 순서대로 길을 따라가 보세요.

보기   꿀벌 ➡ 꽃 ➡ 벌집 ➡ 꿀

2 ( ) 안에 들어갈 알맞은 낱말과 완성한 문장에 어울리는 그림을 각각 찾아 줄로 이으세요.

윙윙

덜덜

뚝딱뚝딱

●　　　　　　　　●　　　　　　　　●

●　　　　　　　　●　　　　　　　　●

일벌들이 ( )
집을 지어요.

꿀벌들이 ( )
날갯짓을 해요.

개미가 몸을
( ) 떨어요.

●　　　　　　　　●　　　　　　　　●

내가 할래요

초대장을 만들어요

우리 동네에 이사 온 친구를 집에 초대하려고 해요. 모모가 쓴 초대장을 잘 읽고, 친구에게 줄 초대장을 완성해 보세요.

보기

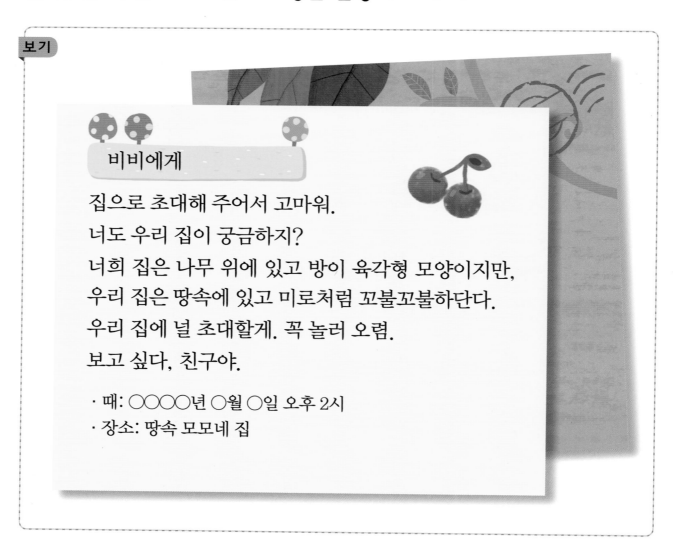

비비에게

집으로 초대해 주어서 고마워.
너도 우리 집이 궁금하지?
너희 집은 나무 위에 있고 방이 육각형 모양이지만,
우리 집은 땅속에 있고 미로처럼 꼬불꼬불하단다.
우리 집에 널 초대할게. 꼭 놀러 오렴.
보고 싶다, 친구야.

· 때: ○○○○년 ○월 ○일 오후 2시
· 장소: 땅속 모모네 집

3주
학습 끝!

확인할 내용	잘함	보통임	부족함
1. 이번 주 학습을 5일(월요일~금요일) 안에 끝마쳤나요?			
2. 꿀벌이 하는 일을 잘 이해하였나요?			
3. 꿀벌과 개미가 사는 곳이 어떻게 다른지 알 수 있나요?			
4. 초대장을 잘 만들 수 있나요?			

초대장

_____(이)에게

안녕, _____(아)야! 나는 _____(이)야.
네가 우리 동네로 이사 와서 정말 반가워.
우리 집에 너를 초대하고 싶어.
우리 집에 와서 맛있는 것도 먹고 재미있게 놀지 않을래?
그럼, 우리 집에서 만날 때까지 잘 지내.

· 때: _____년 _____월 _____일

   _____요일 _____시

· 장소: _____

3주 5일
학습 끝!

붙임 딱지 붙여요.

전하는 말

105

4주

안녕하세요?

생각톡톡 아이가 염소에게 한 인사말은 무엇일까요?

관련교과 [국어 3-1] 알맞은 높임 표현 알기 / 높임 표현을 사용해 대화하기
[통합교과 겨울2] 다른 나라에 관심 갖기

01 아침 인사 노래

4주

작사 · 작곡 박상문

웃는 얼굴 예쁜 얼굴로 아침 인사 나눠요

선생님 안녕하세요 친구들아 안녕

밝은 얼굴 멋진 얼굴로 아침 인사 나눠요

선생님 안녕하세요 친구들아 안녕

언어 **선생님께 하는 아침 인사말로 알맞은 것에 색칠하세요.**

예체능 **인사를 하는 웃는 얼굴, 예쁜 얼굴은 어떤 얼굴일까요? 알맞은 표정을 그려 보세요.**

초록반

유치원에 '아침 인사 노래'가 울려 퍼져요.

수지는 선생님께 "안녕하세요?",

친구들에게 "안녕?" 하고 인사했어요.

서로 즐겁게 인사하자 예쁜 눈이 반짝반짝!

귀여운 입은 *방긋방긋!

구름을 타고 *둥실둥실 날아갈 것 같아요.

※ **방긋방긋**: 입을 예쁘게 약간 벌리며 소리 없이 가볍게 웃는 모양.

※ **둥실둥실**: 물 위나 하늘과 땅 사이에 가볍게 떠서 움직이는 모양.

수지가 간 곳은 어디인지 찾아 ◯표 하세요.

유치원

초등학교

 친구에게 하는 아침 인사로 알맞은 것을 찾아 색칠하세요.

안녕?   잘 자!   안녕하세요?

수지는 인사를 하자 날아갈 것처럼 기분이 좋았어요. 여러분은 언제 기분이 좋은지 보기 와 같이 말해 보세요.

보기 나는 노래를 부를 때 날아갈 것처럼 기분이 좋아요.

나는 .... 때 날아갈 것처럼 기분이 좋아요.

"오늘은 여러 가지 인사법에 대해 배우기로 해요.

먼저, 어른을 만났을 때에는 어떻게 인사할까요?"

"고개를 숙여 '안녕하세요?' 하고 인사해요."

수지가 대답했어요.

"네, 맞아요! 그리고 설날이나 특별한 날에는

이렇게 큰절을 하지요."

선생님이 예쁜 한복을 입고 큰절하는

모습을 보여 주었어요.

사회 탐구 어른을 만났을 때 인사하는 방법으로 알맞은 것에 ○표 하세요.

고개를 숙여 인사해요.

손만 흔들며 인사해요.

사회 탐구 여자는 큰절을 어떤 순서로 해야 할까요? 보기 의 그림을 보고 알맞은 순서가 되도록 번호를 쓰세요.

보기

❶ ❷ ❸ ❹

4주 1일 학습 끝!

붙임 딱지 붙여요.

④ → ☐ → ☐ → ①

113

경수가 자랑스럽게 말했어요.

"선생님, 저도 설날에 할아버지와 할머니께 세배했어요."

"저도요, 저도요."

친구들은 저마다 소리쳤어요.

"그래요? 여러분 모두 예의 바른 어린이이군요."

선생님의 칭찬에 친구들은 어깨를 으쓱거렸어요.

※ **세배**: 설날에 어른께 인사로 하는 절.
※ **으쓱거리다**: 어깨를 들먹이며 뽐내다.

사회 탐구 명절날 예의 바르게 행동한 친구를 모두 찾아 ◯표 하세요.

할아버지, 할머니께

친척 어른께

 **논술** 친구들은 예의 바르다는 칭찬을 듣고 으쓱해졌어요. 여러분은 어떤 칭찬을 들었을 때 그랬는지 보기 와 같이 말해 보세요.

보기 나는 <u>책을 또박또박 잘 읽는다는</u> 칭찬을 들었을 때 으쓱해졌어요.

나는 _____
칭찬을 들었을 때 으쓱해졌어요.

인사 노래

작사 박경종 / 작곡 정혜옥

안녕 안녕 안녕하세요

오늘도 만나서 반갑습니다*

오른손 내밀어 악수합시다*

하하하 웃으며 악수합시다

* 반갑다: 그리워하던 사람을 만나거나 원하는 일이 이루어져 마음이 즐겁고 기쁘다.

* 악수: 인사, 감사 등의 뜻을 나타내기 위하여 두 사람이 각자 한 손을 마주 내어 잡는 일.

사회 탐구 악수에 담긴 뜻을 모두 찾아 색칠하세요.

안녕하세요?

반갑습니다.

미워합니다.

 예체능 악수는 보통 오른손으로 해요. 악수하는 손을 대고 그려 보세요.

"노래를 잘 들었나요?

악수는 손을 마주 잡고 나누는 인사예요.

여러분도 친구들과 악수해 보세요."

친구들은 짝과 악수하며 하하하 웃었어요.

수지는 짝이 없는 경수와도 악수를 했지요.

"수지야, 고마워!"

경수가 수줍게[*] 말했어요.

※ **수줍다**: 다른 사람 앞에서 부끄러워하다.

사회 탐구 악수하는 방법으로 알맞은 것에 ○표 하세요.

손을 맞잡아요.

볼을 맞대요.

언어 친구의 도움을 받았을 때 하는 인사말로 알맞은 것을 찾아 색칠하세요.

잘 가!

반가워!

고마워!

논술 친구들이 악수할 때 어떤 말을 주고받을지 상상하여 보기 와 같이 써 보세요.

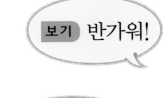

보기 반가워!

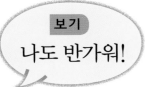

보기 나도 반가워!

4주 2일 학습 끝!

붙임 딱지 붙여요.

119

인사 노래

작사 · 작곡 이요섭

아침에 일어나서 굿 모닝

점심을 먹고 나면 굿 애프터눈

친구와 헤어질 땐 굿바이

잠자리 들기 전에 굿 나잇

Good morning.

Good afternoon.

Good-bye.

Good night.

언어 친구와 헤어질 때 나누는 영어 인사말로 알맞은 것에 색칠하세요.

잘 가.

굿바이.

언어 영어 인사말은 때에 따라 달라져요. 각각에 알맞은 영어 인사말을 찾아 줄로 이으세요.

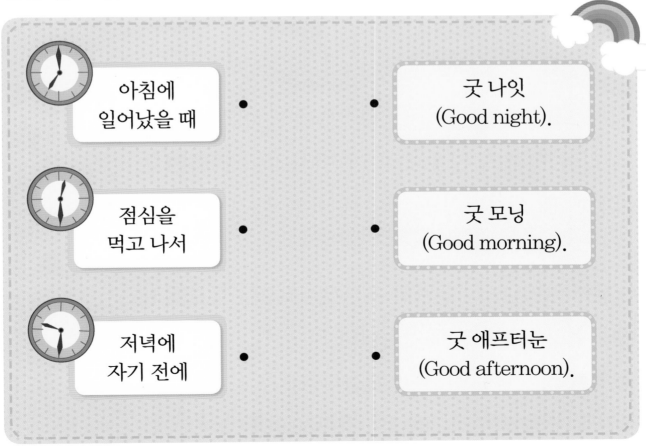

아침에 일어났을 때	•	•	굿 나잇 (Good night).
점심을 먹고 나서	•	•	굿 모닝 (Good morning).
저녁에 자기 전에	•	•	굿 애프터눈 (Good afternoon).

'인사 노래'가 끝나자 선생님께서 말씀하셨어요.

"우리말도 때와 장소에 따라 인사말이 달라져요.

어떻게 달라지는지 노랫말을 바꿔 불러 볼까요?"

아침에 일어나서 "안녕히 주무셨어요?"

밥을 먹고 나면 "잘 먹었습니다."

밖에 나갈 때에는 "다녀오겠습니다."

잠자리에 들기 전에 "안녕히 주무세요."

언어 각각에 알맞은 인사말을 찾아 줄로 이으세요.

아침에
일어났을 때 ·

안녕히
주무세요.

·

안녕히
주무셨어요?

·

저녁에
자기 전에 ·

 논술 그림에 알맞은 인사말을 보기 에서 찾아 써 보세요.

보기 잘 먹겠습니다. 잘 먹었습니다. 다녀오겠습니다. 다녀왔습니다.

밥을 먹기 전에

집에 돌아왔을 때

"이번에는 세계의 다양한 인사법을 배워 보아요."

선생님 말씀에 친구들은 눈을 반짝였어요.

"프랑스 사람들은 양쪽 볼을 가볍게 맞대요.

*이누이트 사람들은 코를 비비고,

티베트 사람들은 모자를 벗고 혀를 내밀지요."

친구들은 그 모습을 상상하며 깔깔깔 웃었어요.

프랑스

티베트

이누이트

* **이누이트**: 캐나다, 알래스카 등 추운 지방에 사는 사람들.

사회 탐구 양 볼을 가볍게 맞대며 인사하는 사람들을 찾아 ◯표 하세요.

프랑스 사람들

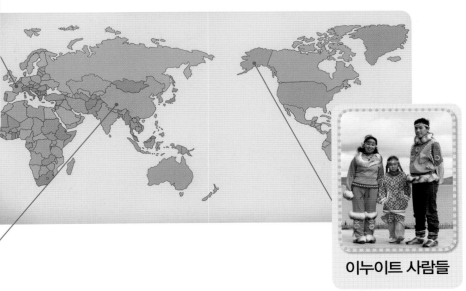

티베트 사람들

이누이트 사람들

 **논술** 수지와 경수가 새로운 인사법을 만들려고 해요. 어떤 방법으로 인사하면 좋을지 보기 와 같이 말해 보세요.

보기 엉덩이를 흔들어요.

4주 3일 학습 끝!

붙임 딱지 붙여요.

"딩동댕!"

점심시간 종이 울렸어요.

오늘 반찬은 맛있는 장조림과

시금치나물이에요.

"와, 잘 먹겠습니다."

수지는 양손을 번쩍 들고 큰 소리로 외쳤어요.

하지만 경수는 울상이 되어 고개를 숙였지요.

언어 수지가 점심시간에 먹은 반찬을 모두 찾아 ◯표 하세요.

장조림

멸치볶음

시금치나물

 과학탐구 음식을 가리지 않고 골고루 먹어야 하는 까닭으로 알맞은 것에 모두 색칠하세요.

그래야 쑥쑥 잘 자라기 때문이에요.

건강해지기 때문이에요.

다른 사람이 싫어하기 때문이에요.

논술 여러분은 어떤 반찬을 좋아하나요? 여러분이 좋아하는 반찬을 보기 와 같이 써 보세요.

보기 장조림, 시금치나물

"경수야, 넌 왜 안 먹니?"

"네가 내 식판을 쳐서 장조림 국물이 옷에 묻었잖아!"

경수가 얼룩진 바지를 보여 주며 말했어요.

"미안해, 일부러 그런 건 아니야. 다음부터는 조심할게."

수지가 어쩔 줄 몰라 하자 경수가 말했어요.

"속상하기는 하지만 네가 모르고 그런 거니까

사과를 받아 줄게."

수지와 경수는 정답게 음식을 먹었어요.

 친구의 잘못으로 옷에 얼룩이 생겼다면 기분이 어떨까요? 알맞게 나타낸 말을 찾아 ◯표 하세요.

기뻐요.

신나요.

속상해요.

 친구가 잘못을 사과했을 때에는 어떻게 해야 할까요? 가장 올바르게 말한 것을 찾아 색칠하세요.

기분 나쁘다고 솔직하게 말하고 화를 내요.

속상한 마음을 말하고 용서해 주어요.

절대 용서해 주지 않아요.

 경수의 바지에 생긴 얼룩을 이용해서 예쁜 그림을 완성하세요.

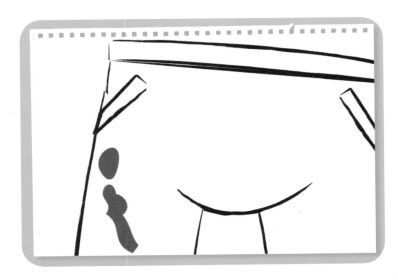

안녕

작사 · 작곡 김성균

안녕 안녕 선생님
안녕 안녕 친구들
내일 다시 만나 재밌게 놀자
안녕 안녕 안녕

수지는 '안녕' 노래를 들으면서
선생님과 친구들에게 인사를 했어요.
그러고는 신나게 집으로 돌아갔지요.

언어 친구와 헤어질 때 나누는 인사말로 바르지 <u>못한</u> 것을 찾아 ✕ 표 하세요.

안녕.

내일 만나.

반가워.

예체능 인사말에 어울리는 몸짓을 찾아 줄로 이으세요.

안녕. 잘 가.

안녕히 계세요.

논술 선생님과 헤어질 때 어떤 말을 하면 좋을까요? 여러분이 선생님께 하고 싶은 말을 보기 와 같이 말해 보세요.

보기 선생님, 감사합니다.

4주 4일
학습 끝!

붙임 딱지 붙여요.

되돌아봐요

1 '안녕하세요?'를 잘 읽었나요? 그림에 알맞은 인사말을 보기 에서 각각 찾아 번호를 쓰세요.

보기　　❶ 안녕?　　❷ 잘 자.　　❸ 안녕하세요?　　❹ 잘 먹겠습니다.

2 어느 곳의 인사법인지 찾아 줄로 이으세요.

양 볼을 가볍게 맞대요.

코를 비벼요.

모자를 벗고 혀를 내밀어요.

티베트　　　　이누이트　　　　프랑스

3 예의 바르게 인사한 친구를 찾아 모두 ○표 하세요.

낱말 쏙쏙

보기 의 낱말 순서대로 길을 따라가 보세요.

보기   오늘 → 아침 → 점심 → 저녁 → 내일

2 그림을 보고 빈칸에 들어갈 알맞은 낱말을 보기 에서 찾아 쓰세요.

보기   세배   사과   인사   악수

친구와 ☐☐ 를 해요.

할아버지께 ☐☐ 를 드려요.

손으로 ☐☐ 를 해요.

누나에게 ☐☐ 를 해요.

내가 할래요

세계 친구들과 인사해요

각 나라의 다양한 인사말과 인사법을 배워 보아요.

한국 안녕하세요?

두 손을 모으고 고개를 숙여 공손하게 "안녕하세요?"라고 해요.

인도 나마스테.

기도하는 것처럼 두 손을 모으고 고개를 숙이며 "나마스테."라고 해요.

스페인 부에노스 디아스.

서로 정답게 껴안고 등을 한두 번 가볍게 두드리며 "부에노스 디아스."라고 해요.

확인할 내용	잘함	보통임	부족함
1. 이번 주 학습을 5일(월요일~금요일) 안에 끝마쳤나요?			
2. 악수에 담긴 뜻을 잘 이해하였나요?			
3. 때와 장소에 알맞은 인사말을 할 수 있나요?			
4. 세계의 다양한 인사법을 잘 알게 되었나요?			

중국

니하오.

주먹 쥔 왼손을 오른손으로 감싸 쥐고 앞으로 내밀면서 "니하오."라고 해요. 이때 고개도 함께 숙여요.

이스라엘

샬롬 샬롬.

"샬롬 샬롬." 하며 서로의 어깨를 주물러 주어요.

프랑스

봉주르.

서로 양쪽 볼을 가볍게 맞대며 "봉주르."라고 해요.

전하는 말

1주 여우와 두루미

1주 11쪽 생각 톡톡

예 알밉다, 귀엽다, 영리하다 등

1주 13쪽

1주 15쪽

1주 17쪽

여우

1주 19쪽

초대받지 못한 사람

1주 20쪽

1주 23쪽

두루미가 여우네 집 문을
똑똑 두드렸어요.
여우는 문을 열어 주며
간사한 웃음을 지었어요.
"어서 오세요, 두루미님.
와 주셔서 감사합니다."

두루미는 환하게 웃으며 대답했어요.
"아니, 뭘요. 초대해 주셔서 감사합니다.
어떤 음식을 준비하셨는지 몹시 궁금해지는군요."

빈칸에 들어갈 알맞은 낱말을 이 글에서 찾아 써 보세요.

두루미가 여우네 집 문을 **똑** **똑** 두드렸어요.

1주 25쪽

수프에서는 무척 맛있는 냄새가 났어요.
하지만 부리가 긴 두루미는 얕은 접시에 담긴
수프를 먹을 수 없었답니다.

식탁 앞에 앉은 두루미에게 여우가 음식을 내놓았어요.
여우는 멋진 식탁에 얕은 접시를 올려놓더니
금방 끓인 뜨거운 수프를 부어 주었어요.
"많이 드세요, 두루미님."

두루미가 수프를 먹을 수 없었던 까닭으로 알맞은 것을 찾아 색칠하세요.

접시가 얕아서

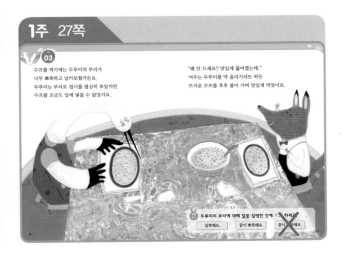

1주 27쪽

수프를 먹기에는 두루미의 부리가
너무 뾰족하고 날카로웠거든요.
두루미는 부리로 접시를 열심히 쪼았지만
수프를 조금도 입에 넣을 수 없었지요.

"왜 안 드세요? 맛있게 끓였는데."
여우는 두루미를 약 올리기라도 하듯
뜨거운 수프를 후후 불어 가며 맛있게 먹었어요.

두루미의 부리에 대해 잘못 설명한 것에 × 하세요.

길쭉해요. / 끝이 뾰족해요. / 끝이 **×**

1주 29쪽

두루미가 한 입도 먹지 못하는 것을 보고
여우는 얄밉게 말했어요.
"낮에 많이 드셔서 배가 부르신가 보군요.
제가 대신 먹어 드릴게요."
그러더니 두루미 앞에 놓인 접시를 가져가다가
자기가 다 먹어 버리는 거예요.
두루미는 화가 나서 얼굴이 빨개졌어요.
두루미는 얄미운 여우를
골려 주어야겠다고 생각했지요.

두루미가 화난 까닭으로 알맞은 것에 ○표 하세요.

여우가 한 입도 먹지 못해서 / 낮에 너무 많이 먹어서 / 여우가 자기 것까지 다 먹어서

1주 31쪽

"저를 위하여 이렇게 맛있는 음식을
차려 주셨으니 저도 보답을 해야겠지요?
내일은 저희 집에 오셔서 저녁을 드세요."
여우는 신나게 지으며 대답했어요.
"어머, 고마워라. 그럼 내일 저녁에 찾아갈게요."

알맞은 인사말을 찾아 색칠하세요.

고마워, 꼭 갈게.

1주 33쪽

다음 날, 여우는 두루미네 집에 갔어요.
부엌에서는 맛있는 음식 냄새가 솔솔 났지요.
냄새만 맡아도 침이 꼴깍 넘어갔어요.
'두루미가 무슨 요리를 했을까?'
여우는 설레는 마음으로 식탁에 앉았어요.

두루미는 맛있게 요리한 음식을
좁고 기다란 유리병에 가득 담아서
식탁 위에 올려놓았어요.
두루미는 길고 뾰족한 부리를
긴 유리병에 넣고 음식을 맛있게 먹었지요.

두루미가 음식을 담아 내
놓은 그릇으로 알맞은 것에 ○표
하세요.

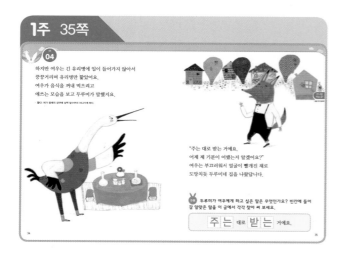

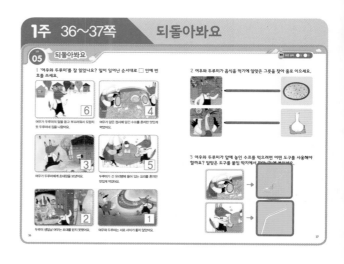

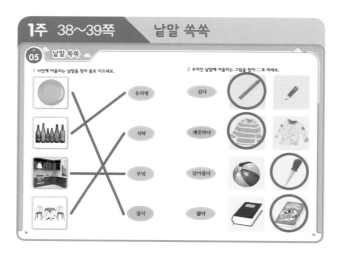

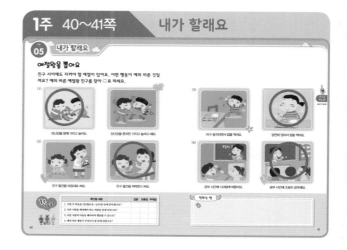

2주 고양이가 달라졌어요

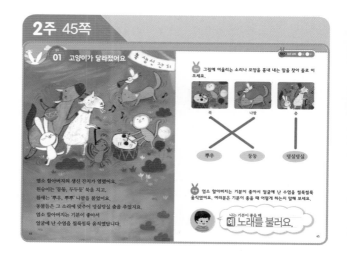

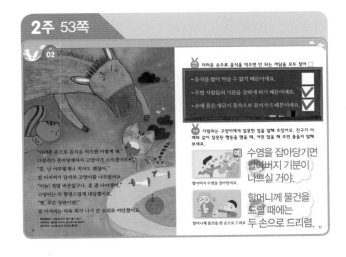

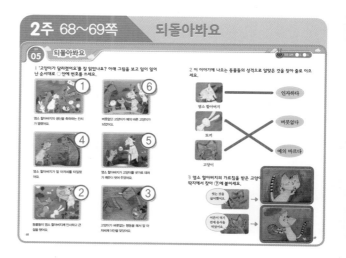

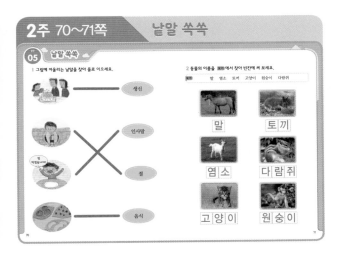

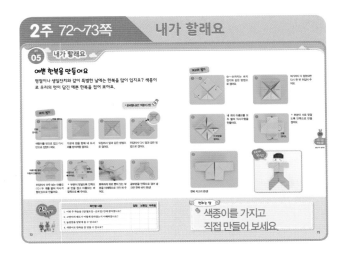

색종이를 가지고
직접 만들어 보세요.

3주 비비네 집으로 놀러 와!

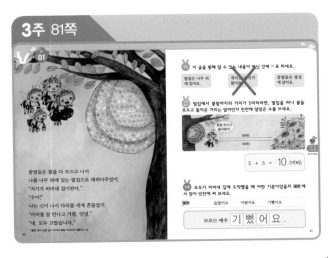

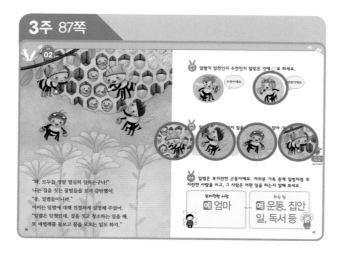

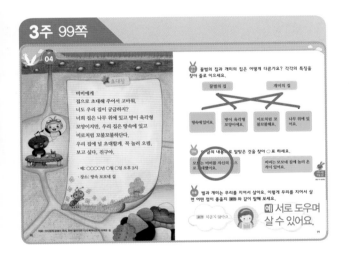

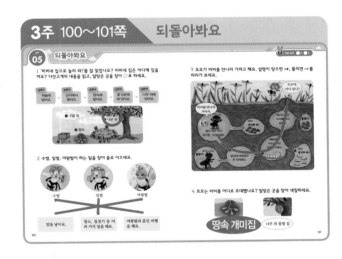

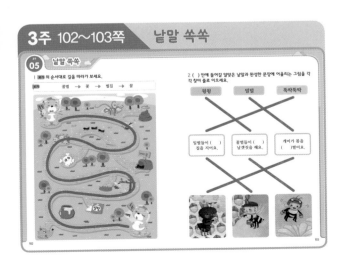

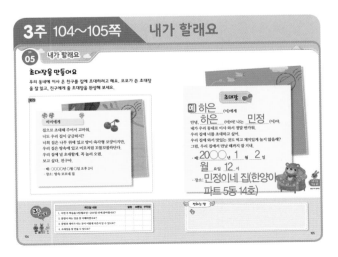

4주 안녕하세요?

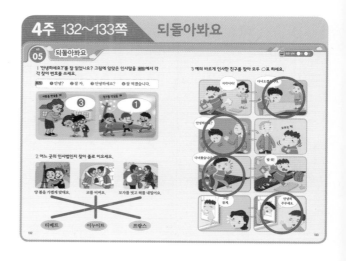

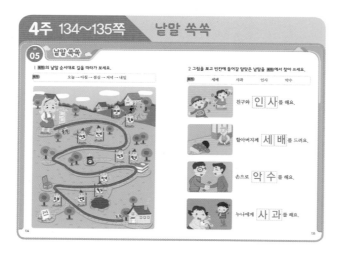

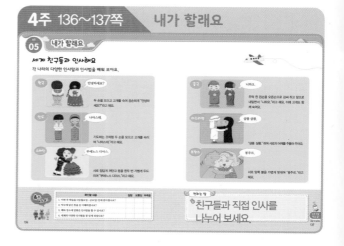

세토 시리즈
래빗 포인트

★★ **래빗 포인트 적립하기**

🐰 **포인트 번호**

P3WW-T444-UIQV-72ND

 래빗 포인트란?

NE능률 세토 시리즈 교재 구매 시
혜택을 드리는 포인트 제도입니다.
1권 당 1P가 적립되며, 5P 적립마다
경품으로 교환 가능합니다.
(시리즈 3종 포함 시 추가 경품 증정)

 포인트 적립 방법

1 세토 시리즈 교재 구입
2 래빗 포인트 적립 페이지 접속
   (QR코드 스캔)
3 NE능률 통합회원 로그인
4 포인트 번호 16자리 입력

 포인트 적립 교재

- 세 마리 토끼 잡는 독서 논술
- 세 마리 토끼 잡는 초등 독해
- 세 마리 토끼 잡는 급수 한자
- 세 마리 토끼 잡는 초등 어휘
- 세 마리 토끼 잡는 역사 탐험
- 세 마리 토끼 잡는 초등 한국사

★ **포인트 유의사항** ★

- 이름, 단계가 같은 교재의 래빗 포인트는 1회만 적립 가능하며, 포인트 유효기간은 적립일로부터 1년입니다.
- 부당한 방법으로 래빗 포인트를 적립한 경우 해당 포인트의 적립을 철회하고 서비스 이용을 제한할 수 있습니다.
- 래빗 포인트에 관한 자세한 사항은 래빗 포인트 적립 페이지 맨 하단을 참고해주세요.

NE 능률

세 마리 **토끼** 잡는 **독서** 논술 　P단계 2권

★ 하루 학습량(3장)이 끝나는 쪽에 다음 붙임 딱지를 ❶～❸과 같은 방법으로 붙이세요.

1주 1일 🐰 학습 끝!	1주 2일 🐰 학습 끝!	1주 3일 🐰 학습 끝!	1주 4일 🐰 학습 끝!	1주 5일 🐰 학습 끝!
2주 1일 🐰 학습 끝!	2주 2일 🐰 학습 끝!	2주 3일 🐰 학습 끝!	2주 4일 🐰 학습 끝!	2주 5일 🐰 학습 끝!
3주 1일 🐰 학습 끝!	3주 2일 🐰 학습 끝!	3주 3일 🐰 학습 끝!	3주 4일 🐰 학습 끝!	3주 5일 🐰 학습 끝!
4주 1일 🐰 학습 끝!	4주 2일 🐰 학습 끝!	4주 3일 🐰 학습 끝!	4주 4일 🐰 학습 끝!	4주 5일 🐰 학습 끝!

❶ 붙임 딱지의 왼쪽 끝을 책의 붙임 딱지 붙이는 자리에 잘 맞추어 붙이세요.
❷ 붙이고 남은 부분은 점선을 따라 접어 뒤로 붙이세요.
❸ 붙임 딱지를 붙인 모습이에요.

★ 해당 쪽에 붙임 딱지를 붙이세요.

P2 3주·87

애벌레 돌보기　　　집짓기　　　꿀 모으기　　　집 청소하기　　　빨래하기

P2 2주·61　　　　　　　　　　　　**P2 2주·69**

  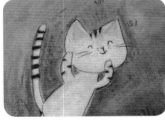 

　　　　　　　　　　　　　　　　　　깨끗해졌어요.　　　어른께 먼저 음식을 드렸어요.

P2 1주·37　　　　　　　　　　　　**P2 3주·79**

빨대　　　숟가락　　　뒤집개　　　가위